길가메쉬

옌스 하르더 지음

주원준 옮김

마르코폴로

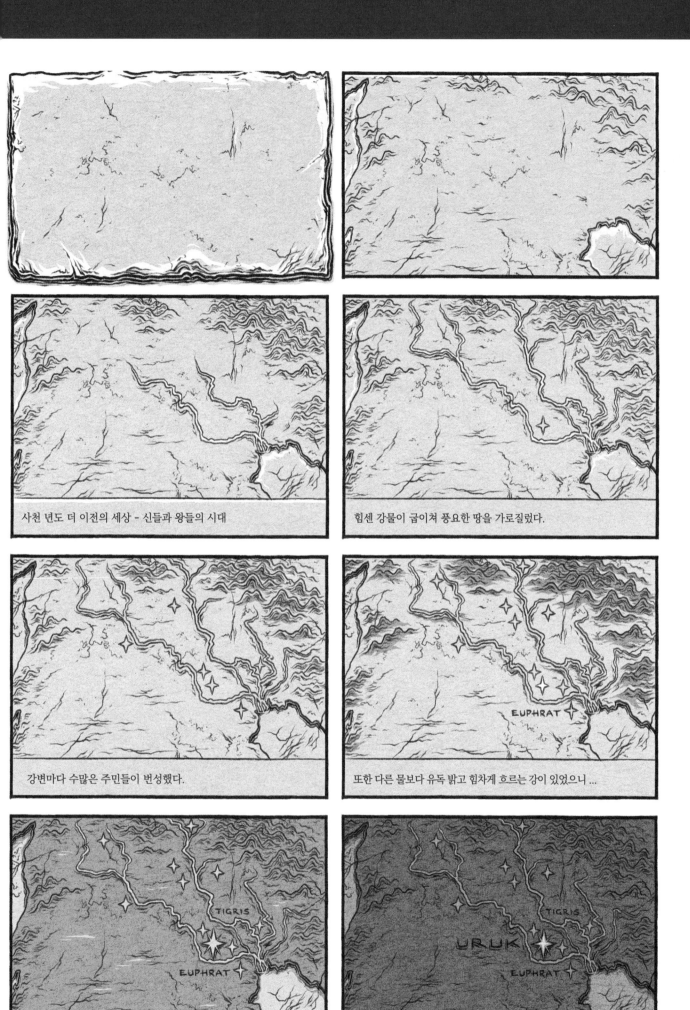

사천 년도 더 이전의 세상 - 신들과 왕들의 시대

힘센 강물이 굽이쳐 풍요한 땅을 가로질렀다.

강변마다 수많은 주민들이 번성했다.

또한 다른 물보다 유독 밝고 힘차게 흐르는 강이 있었으니 ...

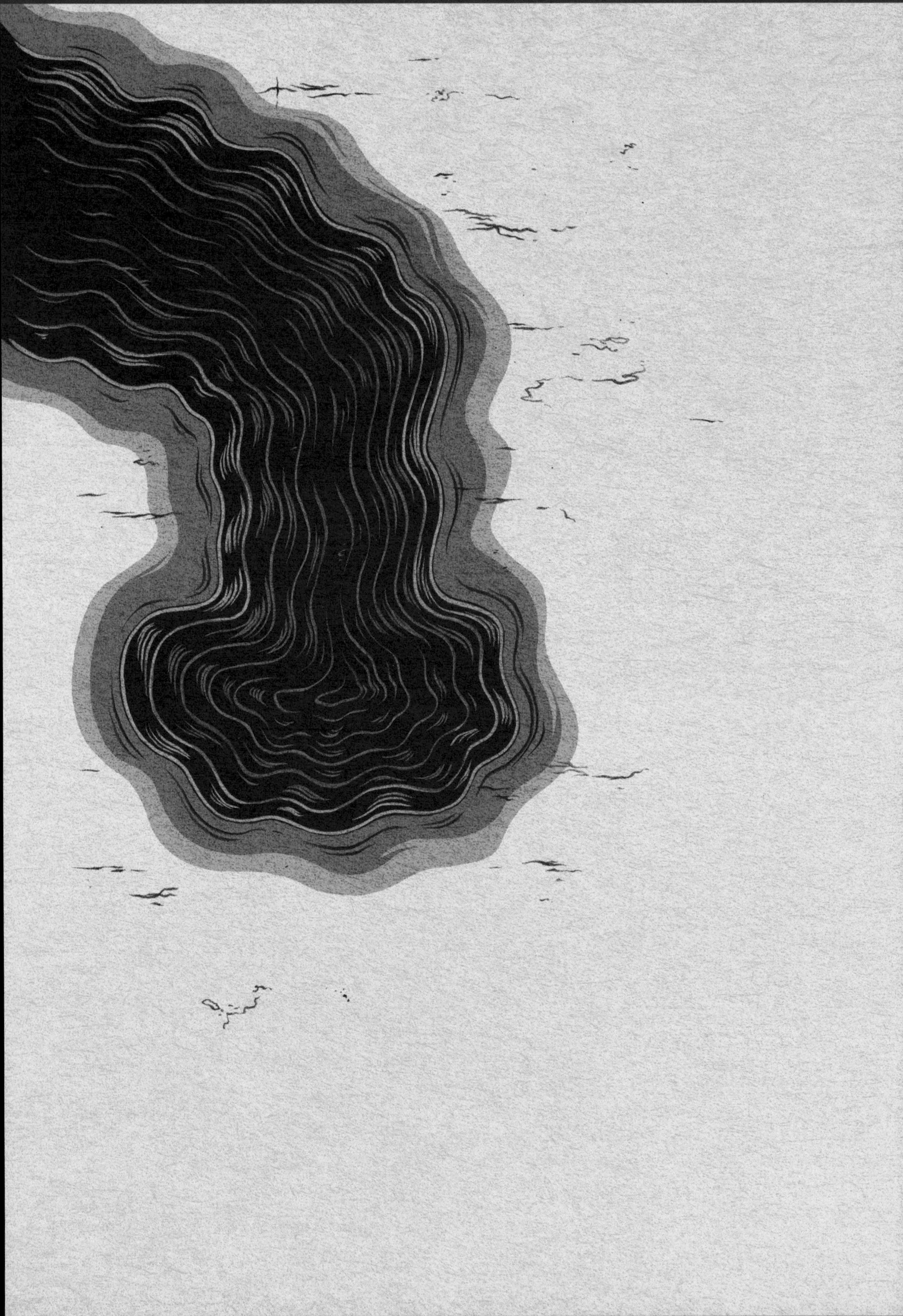

첫째 토판

·

우루크의 왕 길가메쉬는 어떻게 성읍민들을 지배했는가.

·

신들의 모임은 그의 짝으로 왜 야만인 엔키두를 창조했는가.

·

어떻게 그는 샴하트의 유혹으로 인간이 되었는가.

·

거룩한 어머니 리마트-닌순은 어떻게 길가메쉬의 악몽을
전해 듣고 엔키두가 오리라고 풀이했는가.

우루크 - 두 강 사이에 왕이 다스리는 성읍 국가

"나는 모든 사물의 근본을 보았고,
어떤 누구보다 더 먼 것을 아노라."

"나를 군주로 삼은 이는 아누요, 그분에 따라 나는 우루크의 성벽을 세웠노라.
성벽은 3,600의 아침의 땅을 에워싸니, 세상의 중심에 내가 첫째가는 성읍을
세웠노라."

길가메쉬 - 그의 이름은 빛난다.

2/3는 신이고 1/3만이 인간이다.

그의 모습은 훌륭하다.

우루크 영웅의 피가 흐르는 후손,
뿔난 황소. 그는 최고이며 앞장선다.

군대의 선두를 이끌며
그의 그늘 아래 땅을 통일했도다.

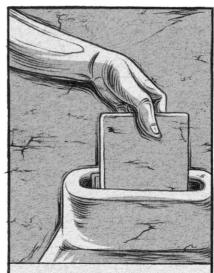

루갈반다와 드높으신
리마트-닌순의 자제 — 힘이 충만하도다.

바다를 가로지르고 산맥의 입구를 발견한
경외로운 지휘관

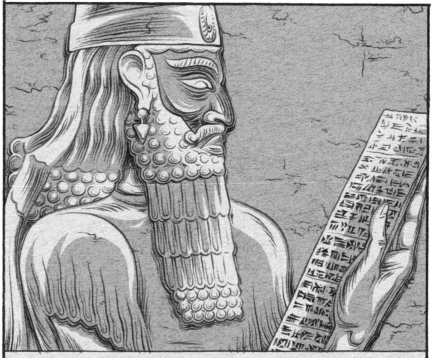

세상의 끝을 눈에 넣었으니 그의 힘은 그 옛날의 우트나피쉬팀에 닿는다.
그는 홍수가 쓸어버린 성읍들을 재건하길 원했었도다.

그와 견줄 수 있는 사람, "내가 왕이다"고 말하는 사람은 있을 수 없도다.

"길가메쉬는 아들을 아버지에게서 빼앗습니다. 밤이나 낮이나 날뜁니다."

"그의 무기에 맞설 이가 없습니다. 그의 북소리가 울리면 만민이 몸을 떱니다."

"길가메쉬는 처녀를 애인에게서, 부인을 남편에게서 빼앗습니다."

큰 신들은 사람들의 외침을 들었다. 그가 늘 제멋대로 행동했기 때문에 우루크는 노여워했다.

"그는 목자요. 힘세고 당당하고 용기있고 슬기로워요! 하지만 백성을 억압합니다!" 사람들은 큰신 아루루를 불러 그가 들짐승처럼 날뛴다고 탄원했다.

"아루루여, 일찍이 당신께서는 길가메쉬를 지으셨습니다.
이제 그와 같고 그의 짝이 되고 그처럼 무자비한 이를
지어주소서. 그에 필적하여 서로 겨루게 하소서.
그리하면 우루크가 평안하리이다!"

아루루는 이 말을 거의 듣지 않았고…

… 아누가 명령한 대로 했다.

그녀는 꼼꼼히 손을 물로 씻었다.

그리고 한 덩어리 점토를 떼었다.

그녀는 힘센 피조물 엔키두를 지었다.

그 영웅은 고요한 밤의 후손이었다.

그의 온몸에 틈없이 가죽을 덮었다.

그는 고요한 광야에서
태어났다 ...

... 닌우르타가 그에게
생기를 주었다.

그는 야만 그 자체였고, 짐승의 신처럼 보였다.

그는 초원의 들짐승과 살았다. 그들과 함께 풀을 뜯었고, 그들을 밀치고 물가를 차지했다. 그의 마음은 만족스러웠다.

우연히 그의 모습을 본 인간이
깜짝 놀랐다.

"아버지, 저 멀리 초원에서 한 인간이 왔어요.
크고 무척 힘세 보이는 이가 돌아다녀요."

"그이는 사슴들과 함께
구르고 진흙탕에서 그들과
짝짓기해요."

"그가 내 물을 마시고 내 풀을 뜯고
내 덫을 부수어요. 저는 두려워요."

"우루크의 길가메쉬를 떠올려라. 그분에게 힘센 이를 알려라.
그분은 창녀 샴하트를 네게 줄 것이니 그녀가 힘센 그이를 좋아하리라."

그렇게 사냥꾼은 우루크로 향했다.

길가메쉬는 지혜롭게 말했다. "사냥꾼이여, 여사제 샴하트를 데리고 가거라.
그 야만인이 물을 마시러 오면 그녀의 옷을 벗겨, 그의 육욕을 드러내게 하라.
그녀를 보면 그이가 가까이 오리라. 그리고 짐승들은 그이를 믿지 않게 될 것이다."

그들은 숨어서 …

… 지켜보았다.

여러 짐승이 오고 …

야만인, 그가 나타났다.

"바로 저이요. 당신의 가슴을 펼치시라. 당신의 품을 앞으로 여시라. 당신의 풍만함을 그가 취하리니 그에게 여인의 일을 하시라."

여섯 낮과 일곱 밤을 엔키두는 샴하트와 잠들었다.

"엔키두, 당신은 지혜롭고 아름다워요. 마치 신과 같으시군요! 왜 짐승들과 초원을 돌아다니시나요?"

"자, 제가 당신을 우루크로,
아누와 이쉬타르의 빛나는 신전이 있는 곳으로
인도하리라! 그곳엔 길가메쉬가 있으니
가장 힘센 자입니다."

"샴하트, 그래, 나를 초대하시오! 빛나는 신전과 길가메쉬가 있는 곳으로, 들짐승처럼
비범한 힘을 증명한 그에게로! 나는 그와 결투를 원하니 광란의 싸움이 되리라!
물론 내가 더 강하니 내 힘이 크기 때문이다!"

"그러면 갑시다. 그가 당신을 보고 싶어 할
거예요. 내가 길가메쉬를 보여줄게요.
나는 그가 어디 있는지 잘 알아요."

우루크에서는 매일 잔치가 열렸다.
북소리가 요란하게 울렸다.

샴하트 같은 이도 많았다.
풍만함이 흘러 넘쳤고
모두가 기쁘게 환호했다.

"삶을 모르는 엔키두, 당신에게 길가메쉬를
보여주겠어요. 그는 꿈에서 당신을 보았기에
평소와 다른 기분일 겁니다."

"그는 얼굴이 멋진
남성입니다."

"위엄이 넘치고
자부심이 확고합니다."

"그는 몸이 대단하고
잠들지 않아요."

길가메쉬가 닌순에게 말했다. "어머니, 꿈에 도끼를 보았습니다. 장터에 있었는데 범상치 않아 보였습니다."

"우루크 사람들이 전부 나와서 그것을 보고 있었어요."

"그것은 너무 무거웠고 제 팔은 너무 약했어요. 간신히 들기도 힘들었어요."

"저는 그걸 들어서 옮겨 제 곁에 놓았어요. 마치 여인처럼 그것에 속삭였어요.
그것을 보듬고 쓰다듬었어요. 마치 제 몸처럼 좋아했어요. 어머니."

"네가 본 도끼는 어떤 사람이다!
그는 살아서 네게 올 것이며 나는 너와
그를 동등하게 대하리라."

"길가메쉬여, 너와 같은 젊은이가 초원에서 태어났다.
초원이 그를 키웠다 - 그는 강한 엔키두이다."

"그를 보면 너는 친구로 삼아라. 그는 들에서 가장 강하고
힘센 자이다. 그는 네게 와서 너를 위험에서 도우리라!"

"위대하신 엔릴께서 말씀하신 대로,
저는 그를 친구요 조언자로 삼겠습니다."

"어머니께서 꿈을 풀이해주신 대로,
친구요 조언자로 삼겠습니다."
길가메쉬는 떠났다.

둘째 토판

·

샴하트는 엔키두를 어떻게 인간세계로 이끌었는가.

·

샴하트를 따라 우루크로 온 엔키두는 어떻게
길가메쉬와 동등하게 겨루어 초야권을 없앴는가.

·

길가메쉬는 어떻게 엔키두에게 향백나무 숲을 지키는
홈바바를 치러 가자고 설득했는가.

·

길가메쉬와 엔키두는 어떻게 싸움을 준비했는가.

·

길가메쉬와 엔키두는 우루크 사람들과 어떻게 작별했는가.

엔키두와 창녀 샴하트는 서로에게 달라붙었다.
그가 태어난 초원은 이제 엔키두를 잊었다.

그는 그녀의 말을 들었고 맞장구쳤다. 여성의 조언이 옳다고
생각했다.

그녀는 옷을 반으로 찢어 그에게 주었다.

나머지 절반을 걸친 그녀는 그를
마치 신처럼 모시고 목자의 처소로
데려갔다.

"엔키두, 이 빵을 먹어요, 생기를 줍니다!
사람들이 하듯 술을 마시고 취해요."

그는 일곱 잔을 마셨다. 그의 마음은 자유롭게 풀어졌고 얼굴은 빛났다.

털이 많은 몸도 씻고 ...

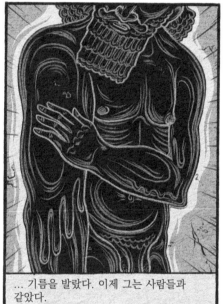

... 기름을 발랐다. 이제 그는 사람들과 같았다.

늙은 목자가 깊이 잠든 한 밤에 그는 무기를 들었다.
늑대를 쳤고 사자를 사냥했다.

오직 엔키두가 온전히 깨어있었다. 그는 목자들을 지켰다.

우루크로 가는 마지막 밤.
처소에 한 사람이 왔다.

"나그네여, 서둘러 어디로
가시나요?"

"우루크의 결혼식에 초대를 받았다오."

"대추야자와 호두를 가져간다오.
우유와 버터를 나누어 주면
좋겠습니다."

"당신네들은 그런 값싼 물건을 들고
결혼식에 갑니까?"

"다른 사람들은 잉어와 황소를
들고 온답니다."

"그러면 향백나무 내음이 집안에 가득한
가운데 길가메쉬 왕이 들어온답니다."

"그러면 그가 신랑인가요?" "아니죠. 하지만 그는 그렇게 합니다. 그가 우루크
사람들에게 바구니로 벽돌을 나르게 한 다음에, 모든 백성들의 침실을 그에게
열게 하는 새로운 의무가 생겨났습니다."

"옛날에 여인들은 기뻐하며 먹거리를 생산할 뿐이었지만 …"

"… 그녀들은 남편보다 앞서 길가메쉬를 받아야 합니다. 그는 여인들의 허벅지를 힘써 누릅니다."

"그래서 신들은 탯줄을 자를 때가 되어야 (아이의 아버지와 운명을) 결정하는 것입니다."

그 말을 듣고 엔키두는 얼굴을 숙였다.

"이런 비열한, 결혼식에 갑시다."

"우루크 사람들은 엔키두를 보고 놀랐다.
주저하는 사람이 없었다."

"키만 조금 작을 뿐 길가메쉬와 같은 모습이고 오히려 힘은 더 세다.
그는 들의 사람이니, 아마 봄의 풀을 먹었을 것이다."

성읍은 잔치를 준비했고 제물을 다듬었다.

길가메쉬 왕에게 청동 솥을 대령하자 그는 씻었다.
그가 마땅히 해야 할 일이었다.

이쉬타르는 이미 치장을 마쳤다. 그 품위 있는 여신을 길가메쉬는 첫날 밤에
취할 것이다.

"너의 어머니는 단 하나뿐인 너를 낳았구나. 네 머리는 남들보다 높다."

"네가 태어날 때 엔릴께서 왕국을 주셨구나! 네 힘은 세상의 제후들을 능가한다."

"닌순이여, 그는 땅에서 가장 세고, 그의 힘은 아누의 잔치 같습니다! 그와 맞설 수 있는 자는 없습니다! 이제 그에게 은총을 내려주십시오."

그러자 그녀는 마치 아들처럼 그를 안았다.

"내 친구여, 왜 눈에 눈물이 비치나? 슬픈 마음이 드나?"

"친구여, 탄식을 들으니 내 몸이 뻣뻣해지네. 내 심장이 놀라움으로 움찔거리고 내 팔에 맥이 풀리고 내 힘이 약해지네."

"숲에 거대한 훔바바가 산다네. 너와 내가, 우리가 그를 죽이자!"

"우리가 땅에서 악을 지워버리자! 우리가 향백나무를 베어버리자!"

"끝없이 우거진 숲은 60의 두 해 (=120년) 동안 들어간 이가 없어. 그 안에 들어가리라고 생각한 이도 없을 거야."

"훔바바의 울부짖음은 홍수와 같고, 그의 노여움은 불과 같고, 그의 한숨은 죽음과 같아!"

"그를 볼 수 있는 사람조차 없어!"

"나는 나무를 베고 산을 오르리라."

"나는 숲으로, 훔바바의 집으로 들어가리라!
도끼와 칼이 나를 도와주리라!"

"그냥 여기 있게. 내가 들어갈거야."

"우리가 어찌 향백나무 숲으로 들어갈 수 있겠나? 산지기는 강하고
잠들지 않아. 숲을 지키려고 엔릴께서는 인간을 놀라게 하는 것을
두셨다네. 누가 그에게 도전하겠나?"

"그곳에 가는 자는 두렵고 떨려 온몸이 굳어버리지."

"내 친구여, 누가 하늘에 오를 수 있으리? 샤마쉬와 함께
신들만 자리에 앉는다네. 인간의 날들은 헤아려진다네."

"너는 죽음을 두려워하는구나!
이제 내가 너보다 앞으로 나가겠어.
너는 내 뒤에서 앞으로 가라고
소리쳐. 두려워할 것 없어!"

"나 자신이 넘어지면 내 이름은 높아질
것이다. 훔바바에 맞서 영웅적으로 싸운
길가메쉬! 나는 그렇게 불리리라."

"너는 초원에서 자랐어. 사자가 너를
보고 겁먹었지. 너는 모든 것을 알고 힘을
증명했지! 우리 손을 잡고 향백나무를
베어버리자!"

"이제 내 친구여, 나는 나아가리라!"
대장장이가 손도끼를 만들기 시작했다.

세 탈렌트짜리 도끼들과 한 날에 두 탈렌트 나가는 큰 칼들을 만들었다.
금으로 칼을 만들어 한 날에 30탈렌트나 되었다!

그들은 무장하고 우루크 사람들 앞에 섰다. 길가메쉬가 외쳤다. "들어라! 나는 거대한 홈바바를 치러 간다. 나는 향백나무 숲에서
그놈을 보고 쓰러뜨리리라! 나는 손을 뻗어 그놈의 향백나무를 벨 것이다. 그놈 위에 내 이름을 영원히 놓으리라!"

사람들은 환호했고 그는 계속 말했다.
"우루크의 후손이 가장 강하다는 말이
땅끝까지 퍼질 것이다!"

하지만 우루크의 원로들이 반대했다.

"길가메쉬여, 당신은 젊기 때문에 당신의 마음을
앞세우십니다. 지금 하신 말씀이 어떤 의미인지
모르십니다."

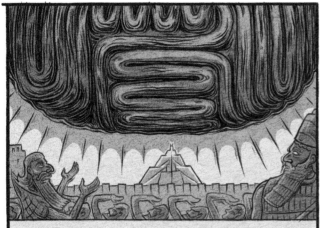

"우리가 듣기로, 훔바바는 엄청난 존재로서 닥치는 대로
죽인답니다. 감히 누가 그에 맞서 무기를 들겠습니까?"

"그 숲은 60의 두 시간(=120년) 동안 들어간 사람이 없습니다.
그 안에 누가 들어갈 수 있겠습니까? 훔바바의 울부짖음은
홍수와 같습니다. 어찌 당신께서 그의 처소를 욕심내십니까?
인간은 이 싸움을 감당할 수 없습니다."

"나는 무사히 살아있을 것이오!
나는 평안하게 돌아올 것이오!
내 위로 자네의 축복을
내려주게나!"

"자네에게 축복이 함께 하길,
길가메쉬의 수호신은 그를
지켜주시고 그의 길을 끝까지
건강하게 지켜주시길."

"나는 길을 바꾸지 않는다! 엔키두, 그러므로
나는 내 마음에 따라 네게 봉사하리라. 내 자리에,
황금의 옥좌에 너를 앉히리라!"

종들은 외쳤다. "길가메쉬여,
언제 당신의 동행자를 우루크
성읍에 돌아오게 하실 것입니까?"

"새해에 잔치가 열리면 닌순 앞에서 북을 쳐라."

그러자 엔키두가 원로에게 말하였다. "그가 향백나무 숲으로
들어가지 못하게 명령을 내리시오! 인간은 그런 여행을 할 수가
없어요!"

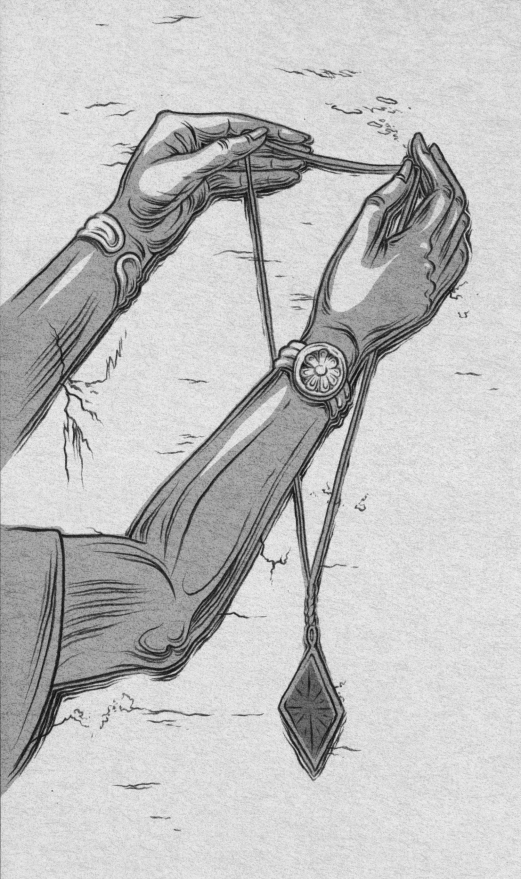

셋째 토판

·

무모해 보이는 길가메쉬에게 원로들은 어떤 조언을 주었는가.

·

길가메쉬의 어머니 리마트-닌순은

엔키두를 어떻게 안아주고 축복했는가.

·

길가메쉬와 엔키두는 원로들과 어떻게 작별했는가.

"길가메쉬여! 당신의 힘을 믿지 말아야 합니다.
당신의 눈에 빛이 있기를! 스스로를 지켜야 합니다!"

"엔키두가 당신보다 앞장서야 합니다.
그는 숲의 길을 잘 아니까요."

"훔바바의 악한 수단을 그는 직감할 수 있어요.
그의 눈에 빛이 있습니다. 그가 당신을 지킬 것입니다!"

"훔바바의 강에서 발을 씻으세요! 여행을 멈출 때마다 우물을 파세요.
깊게 파서 언제나 깨끗한 물을 얻으세요."

"훔바바의 처소가 열릴 때까지 싫증내지
말고 두려워하지 말고 전진하면 돼. 그가
다니는 길로 가자."

"네 심장의 기세가 꺾이지 않기를! 나만
보면 돼! 우리 이제 출발하자. 원로들은
이제 돌아가시오!"

길가메쉬가 말을 끝냈다. "내가 그대들에게 한
말대로 하겠소. 사람들은 평안하리라!"

"길가메쉬여, 나아가소서. 복된 출발이 있으리라!
수호신이 언제나 함께하셔서 성공으로 이끄시길!"

"자, 친구여! 위대한 왕비 닌순이 계시는 대궁전으로 가자!
모든 것을 아시고 사려깊으신 닌순께서 ..."

"... 우리에게 지혜로운 길을 알려주실 것
이다."

"닌순이여, 이제 저는 더욱 강해져
알지 못하는 길을 가서 알지 못하는
싸움을 할 것입니다."

"거대한 훔바바를 치고, 샤마쉬께서
싫어하시는 악을 땅에서
지워버리렵니다."

"저를 위해 샤마쉬에게 간청해 주세요.
제가 그놈을 죽이고 향백나무를 베어버리면
온 땅과 위와 아래가 평안해질 것입니다.
승리의 표시를 세워드리겠습니다."

닌순은 지붕에 올랐다.

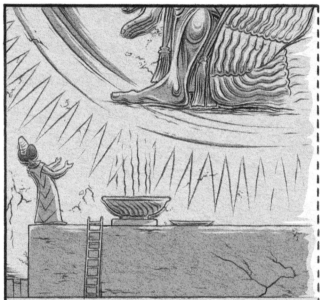

그녀가 간청의 소리를 올리자 샤마쉬께서 나타나셨다.
"왜 지금, 왜 지금 내게 아들 길가메쉬를 말하는가?"

"왜 네 마음이 평안하지 못하느냐?
그가 멀리 길을 떠나 훔바바와
겨룰 것임을 알지 못한단 말이냐?"

"당신께서 길가메쉬를 보시는 날에, 태양신의 신부께서 당신을
일깨워주소서! 밤을 지키는 별에게 명령하시고 당신의 아버지
달(月)의 신에게 말해 주소서."

그녀는 엔키두를 불렀다.

"강한 자여, 너는 나의 태반에서
나오지 않았다! 이제 내가 신전
제물과 신들의 신부와 신전 일꾼과
함께 말한다."

닌순은 엔키두에게 여행에 지닐 부적을 주었다.

원로 회의가 외쳤다.
"우리는 엔키두를 신뢰한다.
그는 친구를 지키고 동행자를
보호하리라!"

"당신은 우리 고향을 이끄시는
왕을 왕비들과 우리에게 돌려주리라."

드디어 둘은 향백나무 산으로 길을 떠났다.
왕비와 원로회의는 오랫동안 둘을 지켜보았다.

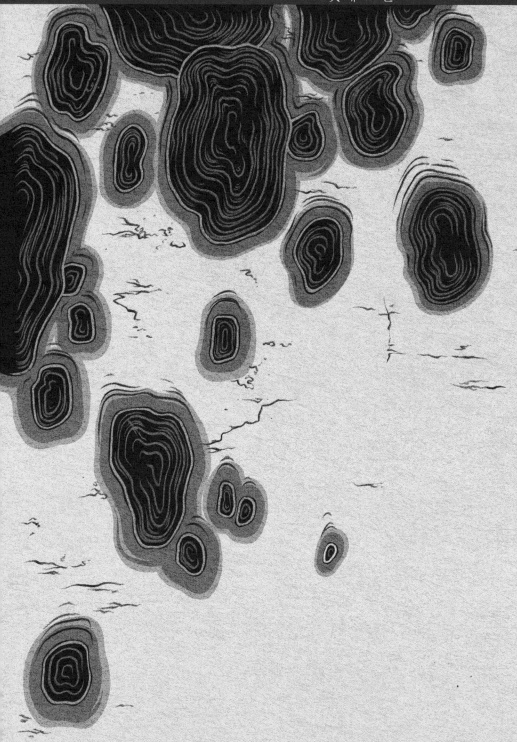

넷째 토판

넷째 토판

·

길가메쉬와 엔키두가 어떻게 무장하고
훔바바의 향백나무 숲으로 갔는가.

·

엔키두가 어떻게 길가메쉬의 꿈을 거듭 풀이했는가.

·

길가메쉬와 엔키두가 훔바바를 물리칠 첫 계획을
어떻게 마련했는가.

그들은 계속 서쪽으로 갔다. 20의 두 시간(=40 시간)이 흘러 간단히 끼니를 때우고 30의 두 시간(=60 시간)이 흘러 밤을 지낼 곳을 준비했다. 50의 두 시간(=100 시간)이 지나 하루가 지났다. 본디 한 달과 열다섯 날이 걸리는 길이었다.

사흘 만에 그들은 레바논에 닿았다.

새 우물을 파고 그 물을 태양신에게 바쳤다.

밤에 길가메쉬는 산에 올랐다. "신들에게 나는 잠을 빼앗겼다! 꿈을 꾸었는데 아주 흉한 악몽이었다!"

"나는 초원에서 들짐승을 잡았는데 황소가 울부짖자 땅이 흔들렸다."

"내가 그를 보자 나는 그에게 거의 붙잡혔다."

"그는 내게 물을 부었다."

"네가 본 야생 황소는 너를
지켜주시는 샤마쉬이시다!
그는 위기에서 우리 손을
잡아주시리라."

엔키두가 그를 찾아 꿈을 풀이했다. "네게 물을 부은 것은 네게
영광을 내린 것이니 그분은 너의 신 루갈반다이시다!"

"우리는 함께 행하고 하나가 되어 이룰 것이다. 죽어도 부끄럽지
않을 단 하나의 일이다." 그들은 함께 잠자리로 돌아갔다.

"내가 본 둘째 꿈을 이제 말해주겠어,
엔키두."

그는 소리를 높였다. "깊은 산골짜기에 서 있었는데
해가 사라지고 산이 떨렸어. 갈대숲의 파리처럼
자갈더미에 묻혔어."

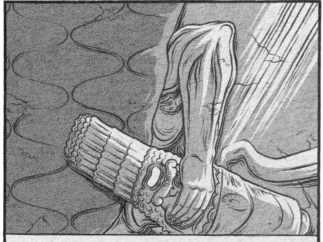

"나는 떨어졌고 발을 쓸 수 없었어. 그 끝에서 밝아지면서 한
사람이 온 땅을 환하게 비추며 나타났어."

"그는 산밑에서 나를 들어올려 마실 것을 주었어. 내가 정신을
차리자 나를 땅 위에 놓아주었어."

"친구여, 정말 좋은 꿈이구나.
이보다 더 좋을수가. 네가 본 산은 훔바바야!"

그들은 다시 50의 두 시간(=100) 동안 온종일 평야를 지났다.

"우리는 그를 잡아 죽일 것이다. 친구여.
그리고 그 시체를 땅에 던져버릴 것이야."

길가메쉬는 제물을 바쳤다. "산이여, 제게 꿈을 주소서. 좋은 소식을 주소서."

길가메쉬는 깜짝 놀랐다. "친구여, 나를
불렀나? 왜 내가 깨어있지? 나를 쿡 찔렀나?
신이 지나가셨나?"

"친구여, 세 번째 꿈을 꾸었어.
이 꿈에 퍽 놀랐어."

그는 슬피 말했다. "하늘이 울부짖고
땅이 흔들렸어. 한낮인데 어두워지고
어둠이 몰려왔어."

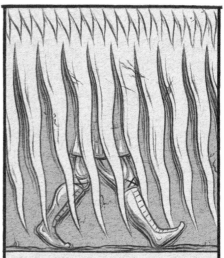

"번개가 치자 불꽃이 일어났어.
구름이 짙게 끼고 죽음의 비가 내렸어."

"그러자 밝게 빛나는 불이
붉어지고 곧 꺼져버렸어."

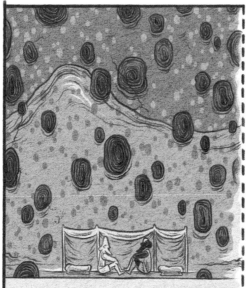

"결국 온 땅에 재가 내렸어."

그러자 엔키두는 그를 진정시켰다.
"우리를 보호하시는 샤마쉬의 좋은
말씀들로 우리는 다시 일어날 거야."

50의 두 시간(=100 시간) 동안
온종일 길을 갔고 해가 지자
우물을 팠다.

길가메쉬는 그릇에 밀가루를
바쳤다. "산이여, 제게 꿈을
주소서. 좋은 소식을 주소서."

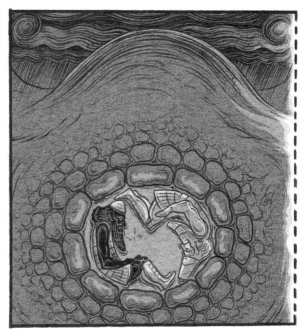

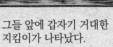

그들 앞에 갑자기 거대한
지킴이가 나타났다.

구름 위에 좌정하신 샤마쉬는 성벽으로 둘러싸인 우루크에서 태어난
길가메쉬를 생각하고 그의 기도를 많이 들어주었다.

"훔바바가 산에서 내려가 숨지 못하게
하라!"

"그는 일곱 개의 갑옷을 입지 못한다. 다만 한 개만 입으리니
여섯 개를 벗는다."

샤마쉬가 말했다. "길의 매끄러운 돌들이
그 둘을 위태롭게 하지 못하리니, 둘은
서로를 도울지니라 ..."

"세 겹으로 꼬인 밧줄이
뜯어지지 않으리라."

"우리, 산에 오르자마자 나무를 쓰러뜨리고 가지들을
쳐내자!"

"내 친구여, 왜 우리가 지금까지 조심스레
복종하지 않았나? 우리는 지금까지 함께
산에 오지 않았나?"

"나는 싸움에서 너를 믿어. 너는
학살하곤 했었지. 그래서 죽음을
두려워하지 않잖아."

"그릇들처럼 그는 소리를 크게 질렀다! 그의 손을
마비시켰던 아픔이 사라졌고, 그의 무릎의 염증이
치유되었다."

"도와줘, 친구여. 우리 함께
나아가자. 죽음을 잊자,
절뚝거리지 말자."

"신중한 사나이는 앞장서 나아가 스스로를
지킨다. 이제 그는 동행자를 보호한다!"

둘은 푸른 숲에 도착했다. 둘은 대화를
멈추었다. 침묵하며 서 있었다.

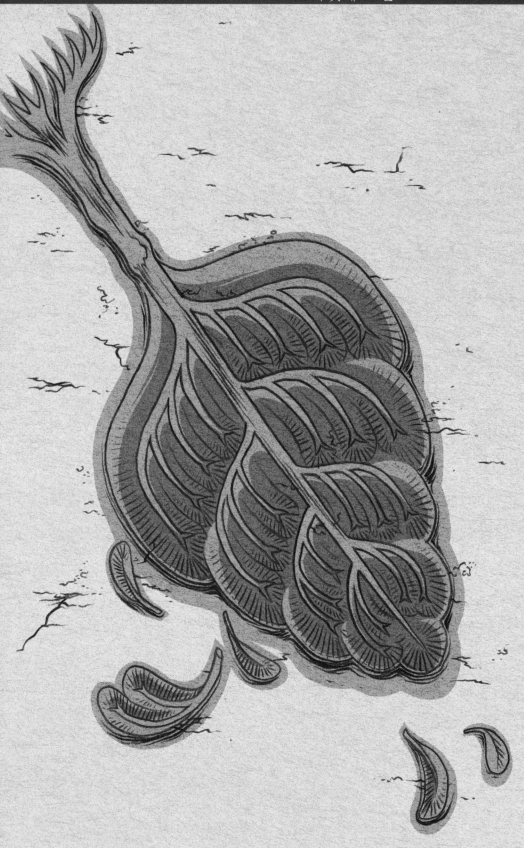

다섯째 토판

다섯째 토판

·

길가메쉬와 엔키두가 어떻게 향백나무 숲에서 길을 잃었고
갑자기 훔바바가 나타났는가.

·

길가메쉬와 엔키두가 어떻게 깔보았는가.

·

길가메쉬와 엔키두가 어떻게 훔바바와 겨루었는가.

·

어떻게 샤마쉬가 13번째 바람을 보내주어
길가메쉬와 엔키두를 도와주었는가.

·

훔바바가 어떻게 길가메쉬를 찌르려 했는가.

·

길가메쉬와 엔키두가 어떻게 힘을 합쳐
드디어 훔바바를 무찔렀는가.

훔바바가 자주 지나다니는 길에 그의 발자국이 보였다.
아름다운 길이 뻗어 있었다.

숲 주위에는 깊은 구렁이 한 리(里)를
돌아 파여 있었다.

구렁으로 들어가자 도끼와 칼날에 독(毒)이 묻었다.

그들은 싸울 준비가 되었다. 다만 훔바바가 오지 않았을
뿐이다.

문득 그들 앞에 괴물이 서 있었다. "어리석은 길가메쉬와
멍청한 엔키두여, 너희 둘은 왜 나에게 달려왔는가?"

"엔키두, 물고기의 아들이요 아비를 모르는 자여, 네 계획은 어미의 젖을
빨 수 없는 거북이에게나 알려주어라! 네가 아주 어릴 때부터
나는 너를 보았지만 네 근처에 가지는 않았다."

"너는 길가메쉬를 나에게 데려왔다. 너는 낯선 이와 적으로 만났다. 엔키두여, 나는 뱀의 목을 지닌 새, 수리, 매에게 네 살을 먹이리라."

"보라! 내 친구여. 홈바바가 모습을 바꾸었다. 그의 몸이 커졌다. 우리가 어떻게 그를 꺾어야 할까?"

"내 친구여, 왜 너는 그렇게 불쌍히 호소하는가, 왜 네 입을 다무는가, 왜 너는 숨는가?"

"이제 재에서 불꽃을 일으키고, 거센 홍수를 보내고, 채찍을 휘둘러야 하리라!"

"네발로 뒷걸음치지 말고, 뒤로 돌아서지 마라, 주먹을 굳게 쥐고 쳐라!"

그가 벌떡 일어서자 시라라(Sirara)와 레바논이 쏟아져 내렸다. 흰 구름이 검게 변했고 죽음이 이슬처럼 그들 위로 내렸다."

샤마쉬가 강력한 폭풍을 깨웠다. 바람은 남에서, 북에서, 동에서, 서에서 …

... 더하여 산바람이, 전염병의 바람이, 추운 바람이, 눈바람이 그리고 모래바람이 불었다. 돌풍, 사나운 바람, 악풍(惡風) 그리고 시무루(Simurru) 바람도.

아삭쿠(Asakku) 악령, 꽁꽁 얼리는 바람, 사나운 바람, 모래바람이 불었다. 열세 개의 바람이 거대한 훔바바를 거슬러 불어왔고 그의 얼굴이 어두워졌다.

"네 어미가 너를 낳았을 때 너는 참 작았다. 하지만 샤마쉬의 명령으로 너는 일어섰다. 너, 우루크에서 피어난 왕이여!"

"네가 말하는 만큼 나는 네게 나무를 주겠다. 나는 너를 위해 은매화 나무를 지키겠으니, 모든 목재를 네 궁전을 위엄 있게 치장하는 데 사용하라!"

"내 친구여, 훔바바가 네게 속삭이는 말을 듣지 마라!"

"너는 내 숲에 대해 모두 알고, 모든 규칙도 숙지하고 있다. 나는 너를 높이 들어 내 숲으로 가는 길 입구에서 너를 죽였어야 했으리라. 나는 뱀의 목을 지닌 새, 수리, 매에게 네 살을 먹여야 했으리라."

"엔키두여, 이제 네가 해야 한다!
길가메쉬에게 생명을 보존하라고 말하여라!"

"내 친구여, 그에게 달려들어 그를 죽여라.
최고의 존재 엔릴이 듣기 전에! 그렇지
않다면 신들은 우리를 향해 엄청난 분노를
내리라!"

"신들의 의회는 이 둘을 오래 살지
못하게 하리라. 길가메쉬가 없다면
엔키두는 한계를 알지 못하리!"

"내 친구여, 바로 지금이다.
이제부터는 내 말만 들으라!"

그들이 폐와 내장을 찢어버리자 피가 가마솥처럼 튀었다. 그리고 훔바바의 육신이 산처럼 쓰러졌다.

"우리는 하늘까지 닿는 향백나무들을 베었다.
내 친구여, 그것으로 문을 하나 만들어 유프라테스
강에 띄우자. 닙푸르는 이것들로 기뻐하리라!"

"내 친구여, 새를 먼저 잡으면 병아리는 어디로 가는가?"

그는 계속하여 말하였다. "그들은 풀밭에서 어느 방향에서든 올 것이다! 네가 훔바바를 쓰러뜨렸으면 그의 종도 쓰러뜨려야 한다!"

세 번 내려치니 숲지기가 쓰러졌다. 초점 잃은 그의 눈은 마지막 숨과 함께 고요해졌다.

향백나무 숲지기들은 쓰러졌다. 고함을 치면 시라라와 레바논이 떨었고, 산들이 두려워했고, 주변의 모든 언덕들이 떨었던 자들이었다.

"길가메쉬여, 꼭대기가 하늘에 닿는 이 향백나무도 쓰러뜨리자!"

"하늘에 닿던 향백나무가 누웠으니, 이제 네 것이다."

엔키두가 말을 땠었다. "나는 그것으로 높이가 60자, 넓이가 20자, 두께는 1자가 되는 문을 만들리라. 낯선 이는 감히 가까이 오지 못하리니 엔릴 신만이 통과할 문이다!"

여섯째 토판

여섯째 토판

·

길가메쉬는 향백나무 숲 모험에서 어떻게 회복되었는가.

·

사랑의 여신 이쉬타르가 어떻게 길가메쉬에 내려와서
그의 마음을 얻으려 노력했는가.

·

이쉬타르가 어떻게 경멸당하고 거절당하여
아버지 아누에게 길가메쉬를 고발했는가.

·

아누 신이 어떻게 하늘의 황소를 우루크에 보내
내 성문 앞에서 날뛰게 했는가.

·

길가메쉬와 엔키두가 어떻게 하나되어 황소를 꺾었는가.

·

길가메쉬와 엔키두가 어떻게 우루크에 돌아왔고
길가메쉬가 그의 종들과 함께 축하했는가.

그는 더러운 것을 씻었고 자기 띠를 닦았다.

더러운 옷을 벗어버리고 깨끗한 옷을 입었다.

길가메쉬가 왕의 모자를 쓰자, 그의 아름다움이 천상에 이르러 고귀한 이쉬타르의 눈에 들어왔다.

"오라, 길가메쉬여, 당신은 내 짝이 되리라! 오 당신의 전부를 나에게 주어라!"

"당신은 나의 남자가, 나는 당신의 여자가 되리라! 나는 당신에게 금과 청금석으로 치장한 수레를 보내리라."

"향백나무 향기가 나는 우리의 집으로 들어오라! 당신이 들어오면 문설주와 옥좌가 당신의 발에 입맞춤하리라!"

당신 앞에 왕들, 제후들 그리고 귀족들이 무릎을 꿇으리라. 산에 사는 룰루바(Luluba) 사람들이 당신에게 공물을 바치리라!"

"염소들은 당신에게 세쌍둥이를 낳고 양들은 쌍둥이를 낳아주리라!"

"당신을 태운 당나귀는 노새를 따라잡으리라! 멍에를 맨 당신의 암소를 당할 놈은 없을 것이다! 당신의 전차를 끄는 말은 모든 말 중에 가장 불같이 달리리라!"

"내가 당신을 취한다면 당신에게
무엇을 주리오? 당신의 육체에 기름이
필요하오? 새 옷이 필요하오?"

"빵이나 먹을 것이 부족하오? 나는 신들이
먹는 음식이 있고, 왕에 어울리는 음료도
풍부하오!"

"하지만 무엇 때문에? 당신의 자리는
길거리에 있다오. 당신은 평범한 옷이
어울리오."

"그래서 누구든 당신을
원하면 가질 수 있소!"

"당신은 얼음을 녹이지 못하는 화덕과 같소.
아직 완성되지 않은 문과 같아서 크고 작은
바람을 막지 못하오!"

"가장 용기 있는 수비대를 파괴한 궁전이요, 자기의 덮개를 찢어버린 코끼리요."

"바르는 자를 더럽히는 역청이요, 자신을
태운 사람을 더럽히는 코끼리의 코요."

"돌담에 균열을 내는 석회암이요, 주인의 발을
무는 신발이요."

"당신의 연인들 가운데 누구를 영원히
사랑하였소? 자, 당신이 사랑한
연인들의 이름들을 내가 말해주겠소!"

"우선 첫째는 당신이 어렸을 때 종
두무지(Dumuzi)를 사랑하였소. 당신은
그를 위해 해마다 울어야 할 운명이오."

"당신이 색색깔의 파랑새를 사랑했을 때,
당신은 그 새를 때려서 날개를 꺾어버렸소.
그래서 그 새는 지금도 뛰어다니며
'캅피 캅피'하고 울어대고 있소!"

"당신이 가장 힘센 용사를 사랑하였을
때, 당신은 그를 묻어버렸소. 일곱 번을
그렇게 하였고 일곱 번을 더하였소."

"당신이 싸움에 충실한 말을 사랑하였을 때,
당신은 그것에게 채찍질을 하고 가시를
박고 끈으로 때렸소."

"두 시간씩 일곱 번을 달리게 하였고,
거친 물을 마실 운명을 지웠고,
그것의 엄마 시릴리(Silili)앞에서 울게 하였소."

"당신이 염소의 목자를
사랑했을 때, 그는 당신에게
늘 재에 구운 과자를 주었고
..."

"새끼 염소를 잡아 바쳤지만,
당신은 그를 쳐서 늑대로
만들어 버렸소."

"이제 목동의 종들이 그를 사냥하고, 개들이 그의 넓적다리를
물어버리오." 이렇게 길가메쉬는 그의 탄원을 이어갔다.

"당신은 이슐라누(Išullanu)를
사랑하였고, 그는 늘 당신에게
야자열매를 갖다 바쳤고, 날마다
당신의 식탁을 아름답게 꾸며주었소."

"당신은 그에게 눈을 들어 다가가서는
이렇게 말했소. '오, 나의 이슐라누여,
우리 당신의 힘을 즐겨요.
서로 나체로 안아요.'"

"그러자 그는 불평하였소. '나에게 무엇을
요구합니까? 내가 평생 모욕과 저주 속에서
살아야 합니까?'"

"당신은 그의 이런 말을 듣자마자 그를 쳐서 쇠약해지게 만들었소.
그래서 그는 고생스레 살아야 하오."

"그리고 이제 당신은 나를 사랑하오, 그렇게 당신은 나를 그들과
같이 만들 것이오!"

여섯째 토판

화가 나서 그녀는 아누에게 갔다.
"내 아버지! 길가메쉬가 나에게 수많은
모욕과 저주를 퍼부었어요!"

"네가 우루크의 왕을 화나게 만들었다. 그래서
길가메쉬가 너를 모욕하고 너에게 저주를
퍼부은 것이다."

"내 아버지! 제게 하늘의 황소를 창조해
주셔서, 길가메쉬의 집에서 그를 죽이게
해 주세요!"

"제게 하늘의 황소를 주지 않으시면,
저는 저승의 문을 부숴 버릴거예요"

"문을 부수고 활짝 열어놓을 거예요. 저는 죽은 이를 일으켜 그들이 산 이들을 먹게 할 거예요.
그러면 죽은 이가 산 이보다 더 많아질 거예요!"

그러자 아누가 그녀에게 답하였다.
"네가 하늘의 황소를 요구하면,
일곱 해 동안 '왕겨의 해'(=기근)가
올 것이다."

"그러면 나는 우루크 사람들을 위해서 곡식을 모아야 하고
가축을 위해 풀을 자라게 해야 한다." 아누가 불평하였다.

"아버지, 제가 사람을 위해 곡식을 모으리니 일곱 해 동안
'왕겨의 해'에 그들은 배부를 거예요. 그리고 가축을 위해 풀을 자라게
하겠어요."

그러자 이쉬타르가 말하였다. "그러면 제가 바로 곡식과
풀을 마련해 주겠어요."

그러자 아누는 그녀가 원하던 것을 넘겨주었다.

이쉬타르가 데려온 하늘의 황소가 땅으로 내려와 유프라테스 강변의 우루크 앞에 섰다.

황소가 코를 씩씩대자 구덩이가 열렸고
우루크 사람 백 명이 거기에 빠졌다.

다시 코를 씩씩대자 우루크 사람 이백 명이 둘째 구덩이에 빠졌다.

한 번 더 코를 씩씩대자 엔키두가 셋째 구덩이에 허리까지 빠졌다.

"친구 길가메쉬여, 우리는 우리 힘을 자랑하였다.
그런데 이 큰 힘에 어떻게 맞서야 할까?"

"너와 나, 우리는 나누어야 한다. 내가 황소의 꼬리를 잡으리라!"

"네 칼이 목과 뿔 사이를 찍어야 하리라. 나는 그 배를 찢어버리리라."

그 황소의 몸으로 희생제를 올릴 준비를 마쳤다.

그들은 주민들에게 내장을 나눠 주었고 심장은 샤마쉬에게 바쳤다.

하지만 이쉬타르는 우루크 성문에서 외쳤다. "길가메쉬에게 화가 미치리라. 그는 나를 욕보였다! 하늘의 황소를 죽였다! 위대하신 아누여!"

"내가 당신과 겨룬다면, 나는 당신에게 이렇게 했을 것이오! 당신의 팔에 이 한 토막을 걸겠소!"

이쉬타르는 신전의 여성들과 사제들을 모아 호소하였다.

한편 길가메쉬는 갑옷을 입은 전사들과 함께 황소의 뿔을 보고 경탄하였다.

그는 그 뿔을 그의 수호신인 루갈반다에게 바쳤다.

그리고 그들은 우루크의 동산으로 갔다.

"남자들 중에 누가 가장 영광스러운가?
영웅들 가운데 누가 가장 힘이 센가?"

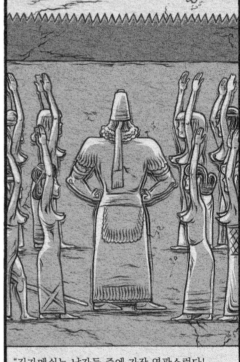

"길가메쉬는 남자들 중에 가장 영광스럽다!
길가메쉬는 영웅들 중에 가장 힘이 세다!"

"우리가 분노하여 하늘의 황소의 뒷다리를 집어던졌다.
이쉬타르, 그녀의 마음을 기쁘게 할 이는 이제 아무도
없다!"

길가메쉬는 그의 궁전에서 기쁨의 잔치를, 가장 큰 잔치를 열었다. 이제 남자들은 하녀들과 한밤중에 자고 있다.

나쁜 꿈을 꾼 엔키두는 문득 일어나
그의 친구를 찾아 나섰다.

일곱째 토판

.

엔키두가 신들이 자신의 죽음을 결정한 꿈을
길가메쉬에게 어떻게 말했는가.

.

엔키두가 거대한 향백나무로 손수 지었던 문을 어떻게 부수었는가.

.

길가메쉬가 엔키두를 어떻게 진정시키려 했는가.

.

엔키두가 어떻게 자신의 운명에 대해 샤마쉬에 탄원했고
사냥꾼과 샴하트를 저주했는가.

.

샤마쉬가 어떻게 엔키두의 운명에 대해서 가르쳤고
샴하트를 경배했는가.

.

엔키두가 어떻게 길가메쉬에게 자신이 괴물에게 죽는 두려운 꿈을
설명했는가.

.

엔키두가 길가메쉬에게 어떻게 이 무서운 꿈에서
자신을 돕지 않았는지 비난했는가.

"내 친구여, 왜 위대하신 신들은 조언하기만 하는가?"

"내가 오늘 꾼 꿈을 들어보게. 그리고 나서 아누, 엔릴, 에아 그리고 하늘의 샤마쉬에게 여쭤봐 주게."

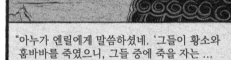

"아누가 엔릴에게 말씀하셨네. '그들이 황소와 훔바바를 죽였으니, 그들 중에 죽을 자는 …

… 산에서 향백나무를 뽑은 자다!'"

엔키두는 계속 말하였다. "이제 하늘의 샤마쉬가 영웅 엔릴에 거슬러 말하였네. '그들은 내 명령에 따라 죽이지 않았습니까? 이제 죄없는 엔키두가 죽어야 합니까?'"

"그러자 엔릴께서 반대하셨네. '길가메쉬가 아닙니다. 그의 동료 엔키두가 죽어야 합니다.'"

"그러자 엔릴께서 하늘의 샤마쉬에게 분노하셨네. …"

"… 왜냐하면 그는 날마다 그런 인간들에게 내려왔기 때문이다!"

"형제 엔키두여, 왜 그들은 네가 아니라 나에게 죄가 없다고 하지?" "내가 '죽은 영혼의 문'으로 가서 죽은 이의 영혼 곁에 서야 하나? 내 눈으로 사랑하는 형제 길가메쉬를 다시 볼 수 없는 것인가?"

"너, 문이여, 그때는 숲에서 너를 만들었을 때,
너를 이해하지도 못했고, 그때는 너와 비슷한
나무도 없었지. 내가 너를 찍어서 이렇게 만들어
세웠지. 저 멀리 닙푸르에서."

"너의 아름다움이 결국 우리를 얼마나 경악하게
할지 내가 알았더라면. 차라리 뗏목을 만들었을
것이야!"

"이제, 오, 문이여, 어떤 왕이 너를
구원하거나 신이 내 이름을 지워버리고
그의 이름을 내 자리에 써 주기를!"

"엔릴은 너에게 넓은 가슴과 빼어난 혀를 주셨다.
또한 이성을 주셨다. 그런데 너는 이상한 말을
하는구나!"

"내 친구여, 왜 네 심장은 이상한 것을
말하는가? 그 꿈은 값비싼 것이었다.
물론 공포도 많았다!"

"신들은 산 자에게 비탄을 맡기고, 꿈은 생존자들에게
비탄을 맡긴다네."

"나는 위대한 신들에게 빌고
싶다! 너의 신, 엔릴, 모든
신들의 아버지에게 기도한다!"

"무한한 양의 황금으로 신상을 만들어주리라. 엔릴 신께서 말씀하신 것에 너무 슬퍼하지 마라."

"저는 샤마쉬 당신에게 의지합니다. 제 소중한 생명을 지켜주소서. 저는 야생과 단절되었습니다."

"폭력적인 사냥꾼이 자신의 이익을 위해서 저에게 불의를 저질렀습니다."

"그의 동료에게 주어진 몫을 그는 결코 얻지 못할 것입니다! 그의 이익을 없애시고 그의 힘을 줄이소서! 그를 좇아내소서!"

"또한 샴하트, 나는 너의 운명도 결정하고 싶다. 끝없이 영원히 지속할 운명!"

"네게는 집이 허락되지 않을 것이며, 아이도 없고 가족도 없으리라!"

"너의 좋은 자궁에 문둥병자가 임신되리라! 취한 이가 네 옷에 침을 뱉으리라!"

"너는 흙덩어리로 남으리라! 너는 반짝이는 알라바스트론 구슬을 보지 못하리라!"

"좁은 문 곁에서 너는 여성의 잠자리를 차지하리라."

"광야에서 찌르는 풀과 가시덤불이 네 발을 찔러 상처를 내리라! 취한 이가 네 뺨을 때리고 목마른 이도 너를 치리라!"

"네가 여행할 때 사자가 네게 으르렁거리리라! 네가 나를 약하게 하였으므로, 이 모든 말이 이루어질 것이다!"

그러자 샤마쉬가 그에게 그만두라고 명령했다. "엔키두여, 왜 여사제이자 창녀를 저주하는가? 네게 신과 같은 음식을 차려주고 왕에게 어울리는 가장 좋은 맥주를 마시게 한 여인을 …"

" … 네게 가장 좋을 옷을 입혀주었고, 남자들 가운데 가장 위대한 길가메쉬를 네 짝으로 소개한 여인을?"

"이제 친구여, 길가메쉬는 네가 가장 사랑하는 형제다. 네가 가장 좋은 침대에서 쉬게 할 것이다."

"그는 왼쪽 옥좌에 너를 앉히리니 지상의 지배자들이 네 발에 입맞춘다."

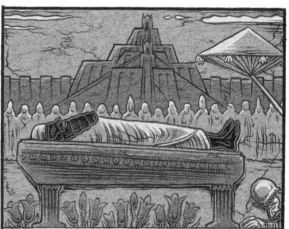

"그는 우루크의 사람들이 너를 위해 울게 할 것이요, 부유한 사람들은 한탄하게 할 것이다. 그는 너를 향한 슬픔으로 가득 찰 것이다."

"만일 그가 네 뒤에 남아 있다면, 스스로
그의 몸에 재를 뿌리고 사자 가죽을 쓰고
광야로 달려갈 것이다."

"알았다, 창녀야. 너를 저주했던 내
입이 이제 너를 축복한다!"

"통치자들과 제후들이 너를 사랑하리라!
두 시간 거리(만큼 먼 곳)에서 그들은
허벅지를 때릴 것이고 두 시간 거리에서
그들은 참지 못하고 머리카락을 풀리라!"

"장수는 너를 부정하지 못하리니 그는 너를 위해 허리띠를
풀어주리라. 그는 네게 흑요석, 청금석 그리고 금을 바칠 것이다."

"그는 둥근 고리로 네 귀를 장식할 것이다! 그의 화로는 너만을 위해
채워지고 많은 식량이 들어올 것이다."

"아내이자 일곱 아이의 어머니 자리가
너를 위해 있을 것이다!"

"내 친구여, 나는 지난 밤에 꿈을 또 꾸었다.
하늘이 소리치고 땅이 대답했다.
그 사이에, 바로 그 곳에 내가 있었다."

"그 때 한 남자가 어두운 얼굴을 하고 나왔다."

"머리는 괴조(怪鳥) 안주(Anzu)와 같았고, 발은 사자와 같았고, 독수리의 발톱과 같았다."

"그는 내 머리를 잡고 내게 힘을 휘둘렀다. 나는 그를 쳤지만 그는 줄처럼 위아래로 뛰어다니며 나를 짓밟았다."

"'나를 구원해줘'. 나는 너를 불렀다. 하지만 너는 도와주지 않았다. 나의 친구여. 너는 두려워했고 힘이 없었다."

"그는 나를 비둘기로 만들어 내 팔이 깃털로 뒤덮였다. 그는 나를 이르칼라스(Irkallas)가 사는 어둠의 집으로 데리고 갔다. 한번 발을 들이면 나올 수 없는 곳으로."

"그곳은 먼지가 식량이었고, 진흙이 음식이었다. 사람들은 새처럼 날개달린 옷을 입었고 빛을 볼 수 없었기에 어둠 속에 앉아 있었다."

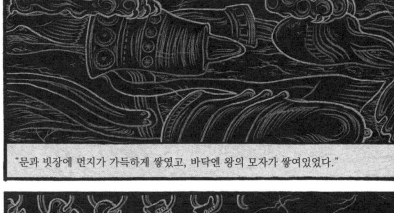

"문과 빗장에 먼지가 가득하게 쌓였고, 바닥엔 왕의 모자가 쌓여있었다."

"제후들, 왕의 모자를 쓴 사람들, 옛적부터 땅을 다스린 사람들, 아누와 엔릴의 중개자들, 그들은 구운 고기를 먹었고, 구운 빵을 먹었고, 가죽부대에서 시원한 물을 마셨다."

"흙먼지의 집에 내가 발을 들여놓자 그곳에는 대사제, 희생제를 돕는 사람들과 거룩한 자들이 살고 있었다."

"이곳에는 기름부음받은 사제들이 거주하고 있다. 큰 신들의 정화사제들이다. 이곳에는 에타나(Etana)와 수무칸(Sumukan)과 땅의 여왕인 에레쉬키갈(Ereškigal)이 살고 계시다."

땅의 서기인 벨레트세리(Beletsseri)는 토판을 들고 에레쉬키갈에게 읽어주었다.

그녀는 고개를 돌려 그를 보았다. 그리고 그것을 가져갔다 ...

"나와 함께 모든 고생을 한 사람, 모든 세월 동안 내가 헤메던 것을 기억하는 사람! 내 친구는 불길한 것을 알려주는 꿈을 꾸었다."

하루가 끝났다. 이제 엔키두는 하루, 그리고 이틀을 누워 지냈다. 그의 얼굴은 고통에 지쳤다. 그는 아팠다.

죽음이 엔키두의 침실에 앉았다. 셋째 날과 넷째 날에 죽음이 엔키두의 침실에 누웠다.

다섯째 여섯째 그리고 일곱째 날이 왔다. 여덟째, 아홉째, 열째 날이었다. 엔키두의 병은 점점 나빠졌다.

열하루째 날과 열두째 날에 그는 누워있었다. 엔키두는 죽을 지경이었다.

그는 길가메쉬를 불러오라고 하여 말하였다. "내 친구여, 사악한 저주가 나를 저주하였다!"

"나는 전투에서 쓰러지는 사람과 다르게 죽는구나."

"나는 전투를 두려워했다. 하지만 나는 이제 명예 없이 죽는구나, 내 친구여. 전투에서 쓰러지는 자는 행복하여라. 하지만 나는 수치를 당하며 죽는다."

여덟째 토판

·

길가메쉬가 어떻게 엔키두의 출신을 성찰하고
함께 이룬 영웅적 행적을 기억했는가.

·

어떻게 길가메쉬가 엔키두의 죽음을 한탄했는가.

·

그가 어떻게 엔키두를 기리는 상을 만들어
다양한 희생제물을 바쳤는가.

"엔키두, 내 친구. 네 어머니 산양과 네 아버지 들나귀가 너를 낳았다."

"들나귀 네 마리의 젖으로 너를 키웠다. 초원의 짐승들이 네게 풀밭을 보여주었다."

"네 길은 저 멀리 향백나무 숲으로 이어졌다. 사람들은 밤낮으로 너를 위해 울리라!"

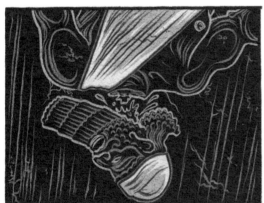

"우루크의 원로와 우리가 죽으면 기도할 모든 백성이 너를 위해 울리라! 또한 산에 사는 남자들도 너를 위해 울리라!"

"숲이, 잣나무와 향백나무가 너를 위해 울리라! 우리가 분노로 망친 모든 밭이 울리라!"

"너를 위해 곰과 하이에나와 호랑이와 들소와 사자와 표범과 사슴과 영양이 울리라. 황야의 모든 짐승이!"

"우리가 늘 깨끗한 물을 제물로 바친 정결한 유프라테스가 너를 위해 울리라!"

"사자 때문에 기쁜 노동요를 부르고 너의 이름을 칭송하는 농부가 너를 위해 울리라!"

"돌보는 목자가 당신을 위해 울리라. 네 입에 맞는 버터와 가벼운 맥주를 준비한 사람이."

"창녀가 너를 위해 울리라. 그녀는 너에게 기름을 부어주었고 너를 기쁘게 했다."

"형제들이 너를 위해 마치 자매들처럼 울리라! 애도하는 사제들은 네 가족이 되리라."

"그들의 머리카락이 네 위로 흩날리리라!"

"내 말을 들어라. 우루크의 원로들아. 너희 남자들아, 내 말을 들어라! 나는 엔키두를 위해, 내 친구를 위해 운다. 곡을 하는 여인처럼 구슬프게 운다!"

"너는 나를 막는 방패!"

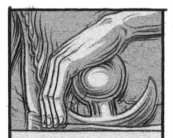

"너는 내 편의 칼! 내 손에 딱 맞는다."

"너는 내 축제 의상, 너는 내 힘을 채우는 허리띠! 악한 귀신이 일어나 그를 내게서 앗아갔다!"

"엔키두 내 친구, 사나운 노새, 산의 들나귀, 초원의 표범아, 오, 엔키두! 내 친구여!"

"우리는 모든 것을 함께 했지. 같이 산에 올랐고 하늘의 황소를 잡아 죽였고 향백나무 숲에 사는 훔바바도 죽였다. ...."

"너를 사로잡은 그 잠은 무엇이냐? 너는 어두운 얼굴을 하고 내 말을 듣지 않는구나!"

하지만 엔키두는 더이상 눈을 뜨지 않았다. 악령이 마음을 잡았기 때문에 그의 심장은 뛰지 않았다.

이제 그는 신부처럼 친구의 얼굴을 가렸고, 새끼를 잃은 암사자처럼 그 주위를 안절부절못하며 돌아다녔다.

그는 어둠이 걷히고 동이 트자마자 자신의
아름다운 옷을 아주 더러운 것처럼 찢어던졌다.

길가메쉬는 우루크의 장인들에게 가서 말하였다. "너희들, 대장장이들, 구리장인들,
보석세공인, 금세공인, 금속조각사들은 내 친구를 만들어라, 그의 상을 만들라!
그의 가슴은 청금석으로, 그의 몸은 금으로!"

"나는 훌륭한 곳에서 그를 쉬게 하리라, 명예로운 침대에서 쉬게 하리라."

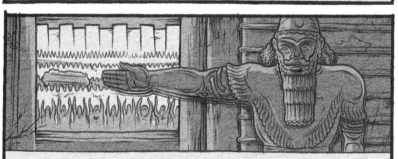

"나는 우루크 사람들에게 울게 하고, 부유한 사람들은 너를 위해 슬퍼하리라."

"나는 너를 따라 몸에 더러운 것을 묻히고
사자 가죽을 쓰고 초원으로 가리라."

어둠이 걷히고 동이 트자마자 그는
커다란 흑단 탁자를 꺼내오게 하였다.

그는 홍옥수 그릇에 꿀을 채웠고
청금석 그릇에 버터를 채웠다.

그는 귀중한 음식으로 탁자를
채웠고 샤마쉬 신에게 보여드렸다.

아홉째 토판

·

의심과 두려움에 시달리던 길가메쉬가 어떻게 초원을 헤메었는가.

·

어떻게 태양문을 지키는 거대한 전갈 인간을 만나게 되었는가.

·

길가메쉬가 어떻게 문지기를 설득하여 터널을 지나가게 되었는가.

·

어떻게 몇 시간 동안 어둠을 헤메었는가.

·

어떻게 길가메쉬가 드디어 출구에 도착하여
반짝이는 보석정원에 있게 되었는가.

"내가 만일 죽는다면 나도 엔키두처럼 되지 않을까? 죽음에 대한 두려움과 해로움이 내 마음에 들어와버렸다!"

"나는 우트나피쉬팀으로 가는 길을 택하여 부지런히 가고 있다. 나는 밤에 산길도 마다하지 않는다."

"나는 사자들을 보았고 내 머리를 먹어버릴까 두려웠다. 그래서 나는 가장 위대한 신들에게 간구하였다."

"이 위기에서 저의 안전을 지켜주소서!"

그가 마슈(Mašu) 산에 도착하자마자, 산의 문을 지키는 전갈 인간이 막아섰다.

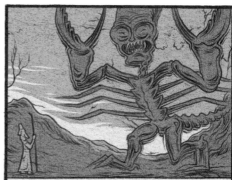

그는 날마다 들고 나는 것들을 감시한다. 산비탈에서 우뚝 서서 그의 가슴은 저 아래 저승에 닿는다.

그는 커다란 두려움을 자아내고 그의 눈은 죽음이며 크고 두려운 광채가 산을 덮는다. 그는 태양이 들고 나는 것을 지킨다.

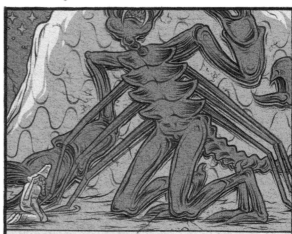

"우리에게 오신 분은 여성적인데요. 그의 몸은 신의 살이군요!"

"그의 두 부분은 신이야. 셋째 부분은 인간이야!"

"왜 그대는 이리 먼 길을 왔느냐? 왜 여기까지 왔느냐? 지나가기 어려운 강물을 건너는 수고를 하였느냐? 무엇 때문에 왔는지 나는 기꺼이 알고 싶나니."

"제 조상 우트나피쉬팀 때문입니다. 죽음과 삶에 대해서 그분에게 묻고 싶습니다!"

"그런 일을 할 수 있는 사람은 없었느니! 저 산의 안은 누구도 지나갈 수 없느니."

"두 시간이 열두 번 흐르는 동안 그 안은 어둡나니. 짙은 어둠이 있고 빛은 하나도 없으리라."

"하지만 두려워말고 가려무나! 내가 너에게 마슈 산을 열어주리니."

"용기를 지니고 산을 가로지르려무나! 너를 데려다 주는 너의 발에게 안녕이 있으리니!"

그가 두 시간이 한 번 흐르는 동안 들어가자, 어둠이 짙었고 빛이 없었다. 저 뒤에 무엇이 있는지 전혀 볼 수 없었다.

그가 두 시간이 두 번 흐르는 동안 들어가자, 어둠이 짙었고 빛이 없었다. 저 뒤에 무엇이 있는지 전혀 볼 수 없었다.

그가 두 시간이 세 번 흐르는 동안 들어가자, 어둠이 짙었고 빛이 없었다. 저 뒤에 무엇이 있는지 전혀 볼 수 없었다.

그가 두 시간이 네 번 흐르는 동안 들어가자, 어둠이 짙었고 빛이 없었다. 저 뒤에 무엇이 있는지 전혀 볼 수 없었다.

그가 두 시간이 다섯 번 흐르는 동안 들어가자, 어둠이 짙었고 빛이 없었다. 저 뒤에 무엇이 있는지 전혀 볼 수 없었다.

그가 두 시간이 여섯 번 흐르는 동안 들어가자, 어둠이 짙었고 빛이 없었다. 저 뒤에 무엇이 있는지 전혀 볼 수 없었다.

그가 두 시간이 일곱 번 흐르는 동안 들어가자, 어둠이 짙었고 빛이 없었다. 저 뒤에 무엇이 있는지 전혀 볼 수 없었다.

그가 두 시간이 여덟 번 흐르는 동안 들어가자, 그는 외쳤다.
"어둠이 짙고 빛이 없다. 저 뒤에 무엇이 있는지 나는 전혀 볼 수 없다."

그가 두 시간이 열 번 흐르는 동안 들어가자, 출구가 가까워졌고 한숨이 나왔다.

그가 두 시간이 아홉 번 흐르는 동안 들어가자, 그는 얼굴에 북풍(北風)을 느꼈다. 여전히 어둠이 짙었고 빛이 없었다. 저 뒤에 무엇이 있는지 전혀 볼 수 없었다.

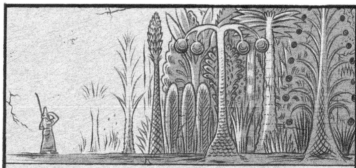

그가 두 시간이 열한 번 흐르는 동안 들어가자, 마침내 그는 산에서 나왔다. 아직 해가 지기 전이었다.

그가 두 시간이 열두 번 흐르는 동안 들어가자, 찬란한 밝은 빛이 지배하고 있었다.

그는 산호, 마노, 유성철로 만들어진 보석 나무를 보고 싶었다.

홍옥수는 이미 열매를 맺어 다발로 매달려 있어 보기에 깨끗하였다. 청금석 나무는 잎이 빽빽하였고 역시 열매를 많이 맺어 보기에 아름다웠다.

열째 토판

열째 토판

길가메쉬가 어떻게 사해 해안가 선술집에서

시두리(*Siduri*)를 만났는가.

•

시두리는 어떻게 약간 망설인 다음

길가메쉬에게 중요한 조언을 건넸는가,

사해 건너편 해안가에서 우르샤나비(*Uršanabi*)를 만나는 방법을.

•

길가메쉬는 어떻게 숲의 돌을 파괴하여 우르샤나비를 유인했는가.

•

길가메쉬와 우르샤나비는 어떻게 멀리 사는

우트나피쉬팀으로 함께 갔는가.

•

우트나피쉬팀은 어떻게 길가메쉬에게 물었고

귀중한 가르침도 많이 나눠주었는가.

선술집의 시두리. 사해 근처 베일에 싸여 홀로 사는 여인에게 남자는 물그릇을 만들어 주었고 그녀는 금으로 통을 만들었다.

길가메쉬는 짐승가죽을 입고 왔다. 그는 신의 육체를 지니고 마음은 온순하였으며 먼 세계에서 온 방랑자의 얼굴과 같았다.

"아마 이 사람이 그 살인자일지도 …"

"선술집 여주인이여, 문을 잠그다니. 당신은 무엇을 보았습니까? 당신은 왜 문에 빗장을 걸어 잠갔나요? 나는 문을 부수고 빗장을 박살낼 것이오!"

"나는 하늘에서 내려온 황소를 잡아 죽였소. 또한 향백나무 숲에 살던 훔바바와 숲지기도 죽였소!"

"하늘의 황소를 쳤고 훔바바를 죽였고 산길에서 사자를 잡았소."

"당신이 길가메쉬라면 왜 당신의 뺨은 수척하고, 당신의 마음은 기쁘지 않고, 당신의 얼굴은 고단해 보이나요?"

"왜 당신의 마음에 해로움이 있나요? 왜 당신의 수척한 모습은 먼 길을 떠도는 방랑자와 같나요?"

"내가 누구보다 사랑했던 친구, 나와 함께 모든 어려움을 겪은 친구. 그 친구가 인간의 운명으로 그곳에 갔다오."

"당신의 얼굴은 습기와 햇볕으로 그을렸네요. 짐승털로 뒤덮인 초원으로 달려갔나요?"

"그를 위해 나는 밤낮으로 울었다오. 그를 그냥 묻게 놔두지 않았다오."

"그가 떠난 이후로 나는 삶을 찾지 못했다오. 강도처럼 돌아다녔다오."

"그를 위해 여섯 날과 일곱 밤을 울었다오. 구더기가 그의 얼굴을 공격할 때까지."

"이제 선술집 여주인이여, 나는 당신의 얼굴을 보오 …"

"… 나는 그토록 내가 두려워하던 죽음을 보고 싶지 않다오!"

"길가메쉬, 어디로 가시나요?
당신이 찾는 삶을 당신은
절대로 발견할 수 없어요."

"신들이 인간을 창조하였을 때, 신들은 인간에게 죽음을 나누어주었고, 생명을 거두었어요."

"길가메쉬여, 당신은 항상 배불리
먹고, 밤낮으로 기뻐하세요!"

"날마다 기쁨의 잔치를 여세요!
낮에도 밤에도 춤추고 노세요!"

"옷을 깨끗하게 빨고 머리를 감고 물로
목욕을 하세요!"

이렇게 이런 것들을 확인해주며 시두리는 결론내렸다. "당신 손을 잡은 작은 이들을
보세요. 당신의 아내는 당신의 아이에 기뻐합니다. 이런 것들이 인간의 일이에요!"

하지만 길가메쉬는 길을 잃지 않았다.
"이제 선술집 여주인이여, 우트나피쉬팀으로
가는 길은 어떠합니까? 표식이 무엇이오?
내게 그 표식을 알려주시오!"

"가능하다면 나는 바다를 건너겠소.
불가능하다면 초원을 걷겠소!"

"내 심장은 엔키두 때문에 괴로웠소.
내 선술집 여주인이여, 당신은 해안가에
살고 있으니, 나는 당신의 심장이
모든 것을 품고 있음을 알고 있소."

"아직 건너간 사람은 없어요!"

"바다를 건너는 자는 오직 샤마쉬뿐이에요! 태초부터 누구도 바다를 건너지 못했어요.
그 길은 너무도 험난해요. 그 사이에 죽음의 바다가 있어서 가까이 갈 수 없어요."

"어느 곳에서인가 한번은,
길가메쉬여, 당신도 바다를
건넌 적이 있어요."

"죽음의 물에 이르렀다면
무엇을 하겠어요?"

"그곳에는 우르샤나비가 있어요. 우트나피쉬팀의 뱃사공이죠. 그는 돌로 만든 닻을 지니고 있어요.
그에게 당신을 보여주세요!"

"가능하다면 그와 함께 항해하세요. 불가능하다면 뒤로 물러나세요. 방향을 바꾸세요!"

길가메쉬는 이 말을 듣자마자
벌떡 일어나 칼을 잡았다.

그는 숲으로 미끄러져
내려가서 화살처럼 돌진했다.

숲 한가운데에서 그는 우르샤나비가 알아차릴 수 있도록 큰 소리를 질렀다.

그는 정신나간 사람처럼 미친
듯이 돌들을 쓰러뜨렸다.

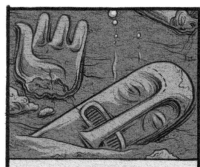

그는 돌들을 부수어 바다에 던졌다.

그가 마침내 고개를 돌리자 우르샤나비가 보였다.
"이 자의 이름이 무엇이냐, 내게 말하라! 나는 뱃사공
우르샤나비, 세상이 볼 수 없는 우트나피쉬팀을 섬기는 자다."

"제 이름은 길가메쉬입니다. 길가메쉬가 바로 나요. 아누의 집인 우루크 출신으로 먼 길을 돌아 산들을 돌아 왔습니다."

그리고 일곱 겹의 외투 같은 후광을 입은 우르샤나비를 보았다.
"이제 우르샤나비여, 제가 당신의 얼굴을 봅니다. 멀리 사는 우트나피쉬팀을 제게 보여주십시오!"

"내가 그를 보여주길 원한다면 너는 내 배를 타고 가야 한다. 멀리 사는 우트나피쉬팀에게 너를 데려다주겠다."

그들은 신중하였기에 우르샤나비가 그에게 물었다. "왜 네 뺨이 수척하고 네 얼굴이 고단하며 네 등이 굽었는가?"

"왜 네 심장은 기쁘지 않고 네 마음에 해로움이 있고, 네 존재는 먼 길을 가는 방랑자 같은가?"

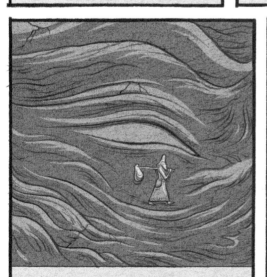

"왜 습기와 햇볕으로 얼굴이 그을렸는가, 왜 초원으로 나가 배회했는가?"

"우르샤나비여, 내 뺨이 수척하지 않고 내 등이 굽지 않고, 내 마음이 기쁘고, 내 얼굴이 고단하지 않고, 내 마음에 해로움이 없어야 합니까?"

"내 존재는 먼 길을 가는 방랑자 같지 않아야
하고, 습기와 햇볕으로 내 얼굴이 그을리지
않아야 하고, 초원으로 나가지 않아야
합니까?"

"내 친구 엔키두, 도망치는 노새, 산의
들나귀, 초원의 표범!"

"우리가 모든 것을 함께한 다음에 우리는 산을 올랐고
산 길에서 사자를 죽였고 하늘의 황소를 죽였습니다."

"향백나무 숲에 사는 훔바바도 죽였습니다."

"누구보다 사랑했던 내 친구는 모든
어려움을 함께 겪었습니다."

"인간의 운명이 엔키두에게
내려졌습니다. 나는 그를 위해
여섯 날과 일곱 밤을 울었습니다."

"그를 그냥 묻게 놔두지 않았습니다.
구더기가 그의 얼굴을 공격하기까지."

"내 친구의 모습이 너무 무서웠습니다. 죽음이
너무 두려워서 나는 초원으로 달려갔습니다."

"그의 일이 나를 너무도 짓눌러서 나는 멀리 초원의 길을 달렸습니다."

"아, 내가 어찌 침묵해야 합니까? 아, 어떻게 입을 다뭅니까?
내가 사랑했던 내 친구 엔키두가 흙이 되어버렸습니다."

"그가 자리에 누운 것처럼 나도 그렇게 되지 않겠습니까?
영원히 일어나지 못하는 것처럼?"

"이제 우르샤나비여, 우트나피쉬팀으로
가는 길은 어떻게 됩니까? 그 표식은
무엇입니까? 제발 저에게 그 표식을
알려주십시오."

"가능하다면 나는 바다를 건너겠습니다.
불가능하다면 초원을 걷겠습니다!"

우르샤나비가 그에게 조언하였다. "그곳엔
돌들이 있어 나를 돕는다. 그래서 나는
죽음의 물에 닿지 않는다."

"하지만 길가메쉬여, 당신의 손이 뱃길을 방해했다!
네가 돌들을 부숴버렸고 그 사슬을 끊어버렸다."

"이제 돌들이 부서졌고 사슬이
끊어졌으니, 도끼를 잡아라!"

"자, 다시 숲으로 내려가서 60자 되는 나무 120그루를 베어라.
껍질을 벗겨 노로 만들어라! 그것들을 내게 가져오면 된다!"

그래서 길가메쉬는 120그루의 나무를 노로 만들어
뱃사공 우르샤나비에게 주었다.

그들은 배를 탔다. 노를 젓고 노를 젓고 노를 저었다. 한 달과 보름에 갈 여정을 사흘 만에 끝냈다.

이렇게 우르샤나비와 길가메쉬는 죽음의 물에 이르렀다.

"길가메쉬, 어서 뒤로 물러서라. 장대를 잡아라!
죽음의 물이 네 손에 이르지 못하게 하라."

"둘째 장대를, 길가메쉬여. 셋째, 넷째를 잡아라! 다섯째
장대를, 길가메쉬여. 여섯째 일곱째 장대를 잡아라!"

"여덟째 장대를, 길가메쉬여. 아홉째, 열째를 잡아라!
열한 번째 장대를, 길가메쉬여. 열두째 장대를 잡아라!"

60개를 두 번(=120번) 찌르자,
길가메쉬는 모든 장대를 다 썼다.

그는 그의 허리띠를 풀었고 손으로 옷을 찢었다.
그는 돛대에 옷을 묶었다.

저 멀리 사는 우트나피쉬팀은 해안가를 엿보고 있었다. "왜 배의
돌이 부서져버렸지? 배에 탈 수 없는 자가 왜 배를 몰고 있지?"

"여기 온 사람은 내 사람이 아닌가?
무엇이 그의 마음을 내게 향하게 하였나?"

"왜 그의 뺨은 수척하고 그의 등이 굽었는가?
왜 습기와 햇볕으로 얼굴이 그을렸는가?"

"우트나피쉬팀이여, 제 뺨이 수척하지 않고
제 등이 굽지 않고 …"

" … 습기와 햇볕으로
내 얼굴이 그을리지
말아야 합니까?"

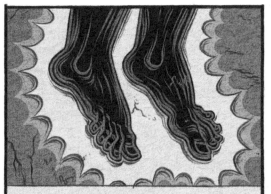

"제가 누구보다 사랑했던 제 친구 엔키두.
인간의 운명이 그에게 내려졌습니다."

"아, 제가 어찌 침묵해야 합니까? 제가 사랑했던
제 친구 엔키두가 흙이 되어버렸습니다."

"그가 자리에 누운 것처럼 저도 그렇게
되지 않겠습니까? 영원히 일어나지 못하게
되지 않겠습니까?"

"멀리 사는 분이라고 알려진 우트나피쉬팀을 만나러
저는 모든 땅을 돌아왔습니다."

"험난한 산들을 많이 넘었고, 진실로 모든 바다를 건넜습니다."

"그리하여 내 얼굴이 달콤한 잠에
빠지지 아니하였고, 저는 제 자신이
잠에 빠지지 않게 애썼습니다."

"그리고 제 손과 발은 슬픔으로 가득
찼습니다. 생명을 차지하기 위해
저는 무엇을 얻었습니까?"

"전에 선술집 여주인에 다다랐을 때
제 옷은 누더기였습니다."

"저를 위해 곰과 하이에나와 사자와 표범과 호랑이와 사슴과 영양과 야생동물과 들의 짐승을 죽였습니다. 저는 그 고기를 먹었고 그 가죽을 입었습니다."

"통곡의 문은 마침내 봉인될 것입니다. 역청으로 메워버릴 것입니다!"

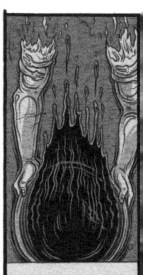

"우정의 놀이는 (...) 내 팔을 찢어버렸습니다."

"길가메쉬여, 왜 이리 많이 슬퍼하는가? 신들의 육체를 지녔고 빛나는 인간의 몸을 한 네가, 네 아버지와 어머니처럼 숭고한 일을 한 네가?"

"귀리에게는 버터 대신 맥주 찌꺼기를 주리라. 허리띠 대신에 복대를 둘러라."

"길가메쉬여, 어느 때인가 귀리처럼 된 적이 있는가? 회중이 네게서 왕좌를 빼앗을 것이다."

"그가 의회의 말을 따르지 않았으니, 그를 당신이 처리하시오 ..."

"... 길가메쉬, 그에게 가까이 있어라! 신들도 편히 쉬지 못하리니, 계속 애를 써라!"

"너는 잠을 잘 수 없구나, 그래서 무엇을 얻었는가?
네가 잠들지 않으니 가늘게 한숨을 쉬는구나."

"이미 지나간 너의 날들을 네가 다시
오게할 수 있느냐?"

"마치 갈대처럼 인간의 후손은
부러지고, 선한 남자와 선한 소녀가
죽어 스러지는구나."

"누구라도 죽음을, 죽음의 얼굴을 보고 싶겠느냐?
피할 수 없는 죽음의 부름을 누가 듣고 싶겠느냐?"

"그럼에도 끔찍한 죽음이 사람들을 쓰러뜨리는구나! 우리는 영원히
지속되는 가문을 세우는가? 영원한 계약에 인장을 찍는가?"

"형제가 유산을 나누면 그것은 영원한가?
땅을 다스리는 다툼마저 영원한 것인가?"

"언젠가 물이 불어 강이 범람한다.
오직 잠자리만이 고치에서 나와서
새로운 태양을 볼 것이다."

"영원한 날까지
지속되는 것은
아무 것도 없다. …"

"잠든 자와 죽은 자는
서로 얼마나 닮았는가!
둘은 죽음의 그림을
보여주지 않는가?"

"종이 되든 주인이 되든 무엇이 문제인가? 큰 신들인
아눈나키(Anunnaki)가 모였고, 운명을 낳은
맘메툰(Mammetun)이 결정짓는다."

"그들에게는 운명, 삶 또는 죽음이 내려진다.
그러나 그들이 죽는 날짜는 누구에게도
드러나지 않는다."

열한째 토판

열한째 토판

·

우트나피쉬팀이 고향 슈룹팍(Šuruppak)에 홍수를 일으킬 것이라는
신들의 결정을 어떻게 알려주었는가.

·

우트나피쉬팀은 어떻게 자신이 지닌 모든 것을 포기하고
배를 지어 자신과 가족과 모든 동식물을 구원하였는가.

·

어떻게 일주일이 지나 홍수가 멈추고
우트나피쉬팀의 배가 산꼭대기에 앉았는가.

·

신들은 어떻게 홍수가 일으킨 혼돈을 두고 다투었는가.

·

엔릴은 어떻게 우트나피쉬팀과 그의 아내를 높였는가.

·

엔릴은 길가메쉬를 일곱 날 동안 깨어있게 시험하였지만
길가메쉬가 어떻게 실패했는가.

·

길가메쉬가 어떻게 지하세계에서 생명의 풀을 가져왔지만
곧 뱀에게 빼앗겼는가.

·

길가메쉬와 우르샤나비는 어떻게 긴 여행 끝에
우루크에 이르렀는가.

"내가 당신을 봅니다. 우트나피쉬팀이여, 당신의 크기는 다르지 않습니다.
당신은 나와 같습니다."

"그러므로 말씀하시오. 신들의 모임으로 가는 길을
어떻게 발견하여 영원한 생명을 얻었습니까?"

"슈룹팍. 유프라테스 강변에 서 있는, 네가 아는 그 성읍. 그 성읍은
오래되었고 신들은 가까이 있었다. 신들은 홍수를 일으킬 계획을 세웠다."

"길가메쉬, 네게 숨겨진 것을 열어주겠다.
신들의 비밀을 말해주겠다."

"그들의 마음은 분노로 타올랐다. 아누, 엔릴, 닌우르타(Ninurta)
그리고 엔누기(Ennugi)까지."

"오 갈대의 집이여, 들어라! 오 벽이여,
귀를 기울여라!"

"너는 슈룹팍 사람, 우바바-투투(Ubaba-Tutu)
의 아들, 깨달으라. 그들이 외친다.
이 집을 허물어라 ..."

"... 그리고 이것으로 배를 지어라.
재물을 버리고 삶을 추구하라!"

"재산을 포기하고 생명을 얻으라! 배에 모든 종류의 영혼을 담은 씨앗을 실어라!"

"네가 지어야 할 배를 정확히 재야 한다."

"너비와 길이가 같은 커다란 나무 지붕을 대어라.
태초의 바다인 압수(Apsu)가 땅을 덮듯이 배를 덮을 것이다."

"당신이 제게 맡기신 것에 충분히
주의하였고 그대로 하였습니다.
이제 성읍의 시민들과 원로들에게
어떻게 말해야 할까요?"

"에아가 입을 열어 그의 종인 내게
말씀하셨다. 너 사람아, 그들에게
이렇게 말하여라."

"신들은 이제 내 말을 더 이상 듣지
않으려는 것 같다. 그러므로 너희들의
성읍에 나는 더 이상 머무를 수 없다."

"너희들 위로 곧 비가 많이 올 것이다.
또한 새와 물고기가 충분히 내릴 것이다."

"그분은 너희들에게 부와 수확을 내리리라.
아침에 그분은 빵을 주시리라. 저녁에 그분은
밀과 맥주를 너희에게 비처럼 내려주시리라"

"하지만 나는 압수로 내려가리라.
그리고 나는 내 주인 에아를
모시고 살리라."

"새벽의 동이 트자마자 내 주위로 온 땅이 모여들었다."

"목수는 나무 기둥을, 배 짓는 남자들은
통나무를, (...) 남자들은 (...)
그 비밀을."

"아이들은 역청을 날랐고,
힘센 남자들은 저마다 필요한 것을
가져왔다."

"다섯째 날에 나는 배의 외부를
설계했다. 그 넓이가 땅만큼 넓었다."

"그 벽의 높이는 열두 자의 열 배였고(=120),
천장의 네모꼴도 열두 자의 열 배였다(=120)."

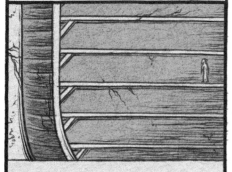

"나는 배의 기본을 설계했고 그림으로
그렸다. 그 안에 여섯 선반을 놓았다."

"나는 일곱 층으로 나누었다.
각 층마다 다시 아홉 칸을 만들었다."

"가운데 말뚝을 박았다. 배의 기둥을
돌보았고 필요한 것을 고정시켰다."

"화로에 60통의 역청을 붓고
30통을 더 넣었다."

"소를 잡아 식량을 대었고,
날마다 양을 죽였다."

"일하는 사람들에게 음료수와 맥주와
포도주를 주었다. 그들은 강물처럼 마셨다."

"해가 떠오르자 나는 마지막으로 해야 할 일을 마쳤다.
그리하여 일곱째 날 해가 질 때 배가 준비되었다."

"그것을 물로 옮기는 일은 어려웠다. 배의 3분의 2가
떠오를 때까지 계속해서 많은 나무로 지탱해야 했다."

"내가 지닌 모든 것을 그 안에 초대했다. 내가 가진 은과 금 전부,
내가 지닌 모든 생명의 씨앗들을 초대했다."

"나는 내 친척 모두를 배에 타게 했다. 거기에 모든
들짐승과 모든 가축과 모든 장인들도 태웠다."

"시간이 되자 샤마쉬께서 내게 말씀하였다. 아침에는 빵이, 저녁에는 밀이 비처럼 내릴 것이다. 그러면 배로 들어가 문을 닫아라!"

"때가 곧 찼다. 하늘을 보니 끔찍하였다."

"나는 배로 들어가 문을 닫았다. 선장이요 그 배에 역청을 바른 푸수르-아무리(*Pusur-Amurri*)에게 내가 지닌 모든 궁전을 맡겼다."

"아침 동이 트자마자 하늘의 기초에서 역청같이 시커먼 구름이 일어났다."

"위대한 에라갈(*Erragal*)이 홍수의 마개를 뽑았고, 닌우르타가 와서 강둑의 제방을 흔들었다."

"하늘에서 아다드의 천둥이 울렸고, 그 앞에서 아눈나키가 횃불을 높이 들고 행진하였다. 그들의 두려운 광채가 땅을 불태웠다."

"하늘을 보니 답답한 마음이 가득 찼다. 모든 빛이 어둠으로 바뀌었다. 넓은 땅이 솥처럼 산산조각 났다."

"하루 동안 남풍이 세차게 몰아쳤고, 끊임없이 몰아쳤고, 산들이 물에 잠겼다. 전쟁처럼 사람을 덮쳤다."

"한 사람이 다른 사람을 볼 수 없었다. 빗속에서 사람들은 서로를 알아보지 못했다."

"이 홍수가 오기 전에 신들은 겁에 질려 아누의 하늘로 올라가거나 개처럼 웅크리고 앉았다!"

"이쉬타르는 여인처럼 고통에 소리쳤다. 높은 소리로 한탄하였다."

"신들의 무리에서 내가 악에 동의하여 인간을 지우기로 한 이 날이 진흙처럼 되어버리면 좋겠어요!"

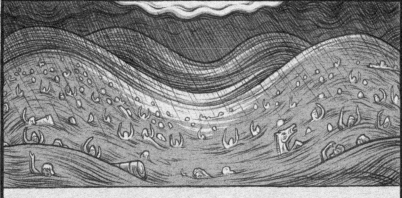

"사랑하는 인간들이 낳은 자식들이 마치 새끼 물고기처럼 바다를 채웠어요!"

"아눈나키 신들도 눈물을 흘리며 그녀와 함께 한탄하였다. 그들은 몸을 굽혀 서 있었다. 공포에 질려 바싹 마른 입술을 앙다물었다."

"폭풍이 여섯 날과 일곱 밤을 지나갔다. 물이 차올라서 온 땅이 평평해졌다."

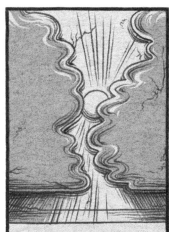

"일곱 날이 되어서야 처음으로 남풍의 강력함이 사라졌다."

"해산하는 여인처럼 휘몰아치고 나서
바다는 잠잠해졌고 악한 폭풍은 그쳤다."

"나는 하루 동안 잠들었다.
사방은 잠잠하다."

"내가 뚜껑을 열자
햇볕이 얼굴에 비췄다."

"홍수가 끝났다."

"나는 해안선을
찾았다. 그리고 바다의
섬으로 올라갔다."

"니시르(Nissir) 산에 배가 닿았다."

"니시르 산이 배를 잡아 배가 바닥에서 흔들리지 않게 해주었다. 첫날이
그렇게 지났고 이튿날도 니시르 산은 배를 잡았다. 배는 가만히 서 있었다."

"셋째 날이 지났고 넷째 날도 니시르 산은 배를 잡아서 배는 가만히 서 있었다.
다섯 날이 지났고 여섯 날도 니시르 산은 배를 잡아서 배는 가만히 서 있었다."

"이제 일곱 날이 지났다.
나는 비둘기를 날려보냈다."

"하지만 쉴 곳을 찾지
못하고 돌아왔다."

"나는 제비를 보냈다.
그러나 쉴 곳을 찾지
못하고 돌아왔다."

"나는 까마귀를 보냈다.
그러자 멀리 머물렀다. 물이
빠지는 것을 보았던 것이다."

"그는 먹었고 꼬리를 들었다.
그리고 돌아오지 않았다."

"그래서 나는 방주 안에 있던 것들을 네 바람을 따라 보냈다. 그리고 희생제물을 바쳤다."

"그러자 신들은 달콤한 갈대, 향백나무
그리고 은매화의 기분좋은 냄새를 맡고
모여들었다. 그들은 파리떼처럼
무리를 이루었다."

"신들의 여주인이 오자마자 그녀는 아누가 그녀에게
선물로 준 영광스런 장신구를 들어 올렸다."

"신들이 온다! 오직 엔릴은 가까이 오지 못하리라!"

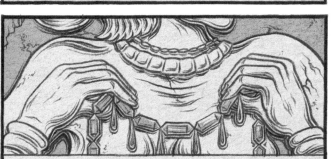

"내 목에 청금석 부적을 잊지 않는 것처럼 나는 확실히
여기의 이 날을 기억하리니, 영원히 내게 기억될 것이다!"

"그가 깊이 생각하지 않고
홍수를 일으켜 내 사람들을
확실히 멸망시켰기
때문이다!"

"그들 가운데 하나의 영혼이
도망쳤는가? 멸망에서 누구도
살아남아서는 안된다!"

"에아말고 누가 하겠습니까?
에아는 또한 모든 행위를 알고 있습니다!"

"영웅 엔릴이여, 신들 가운데 가장
똑똑한 자여! 아, 어떻게 생각 없이
홍수를 일으키셨습니까?!"

"죄인의 죄는 그 죄인에게 내린다!
악인의 악은 그 악인에게 내린다!"

"완전히 잘라내지 않도록 적당히 찔러라.
너무 얕게 찌르지 않도록 꽉 잡아라!"

"홍수 대신에 사자를 보낼 수도 있지 않았습니까? 인간의 수를 줄여야 한다면!"

"이리를 보낼 수도 있지 않았습니까? 인간의 수를 줄여야 한다면!"

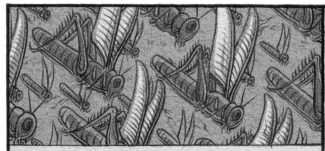

"땅을 뒤덮는 기근을 보낼 수도 있지 않았습니까?"

"저승의 신 에라(Erra)가 일어나서 사람들을
목졸라 죽일 수도 있지 않았습니까?"

"하지만 나는 위대한 신들의 비밀을
발설하지 않았습니다. 뛰어난 지혜를
지닌 자에게만 꿈을 보여주었습니다."

"그리하여 그에게 신들의 비밀이
알려졌습니다. 이제 그를 위한 조언은
당신에게 달려 있습니다."

"그러자 엔릴은 돌아서서 배로 가셨다. 그분은 내 손을 잡고 나에게 배에 타라고
명하셨다."

"내 아내도 데려와서 내 옆에 무릎을 꿇게 하고 우리
사이에 서서 이마에 손을 대어 우리를 축복하셨다."

"그 이전에 너희들은 사람의 자식들이었다.
우트나피쉬팀과 그의 아내는 이제부터
우리 신과 같으리라! 이제 그들은 멀리
강이 시작하는 곳에 살리라!"

"그리하여 그분은 나를 데리고 가서 저 멀리 강이 시작하는 곳에 살게 하셨다."

"하지만 누가 네 주위에 신들을 모아서 네가
찾는 생명을 찾게 해줄 것이냐? 일어나라,
여섯 날과 일곱 밤 동안 잠을 멈추어라!"

그러나 그가 땅에 앉자마자
잠이 안개처럼 그를 덮쳤다.

"그 남자를 흔들어 깨우세요! 그가 온 길을 따라 고향으로 편히 갈 수 있게 하세요. 그가 들어온 성문을 통해 땅으로 돌아갈 수 있게요!"

"사람은 속인다오. 그는 당신을 속일 것이오! 일어나 빵을 구워 그의 머리에 두시오. 그리고 그가 잠든 날을 벽에 표시하시오!"

그래서 아내는 빵을 구웠고 그가 잠든 날을 벽에 표시하였다.

첫째 납작빵은 완전히 부패했고, 둘째 빵은 거의 먹을 수 없으며, 셋째 빵은 아직 습기가 있고 넷째 빵은 완전히 허옇게 변했다.

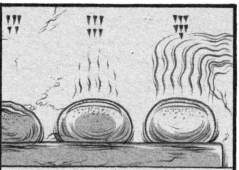

다섯째 빵은 약간 회색으로 변했고, 여섯째 빵은 거의 그대로이고, 일곱째 빵은 갓 구운 것이다. 그리고 그 냄새가 그를 흔들어 깨워 인간이 일어났다.

"길가메쉬여, 빵을 세어라! 벽에 표시된 것이 너에게 알려줄 것이다!"

"너는 빵 여섯 개를 거절했다. 일곱째 빵이 처음으로 너를 잠에서 깨웠다."

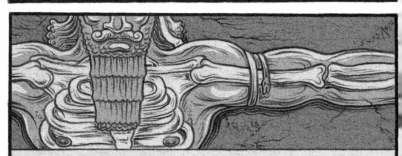

"아, 나는 무엇을 해야 하나, 어디로 가야 하나, 내 속을 누가 움켜쥐었나?"

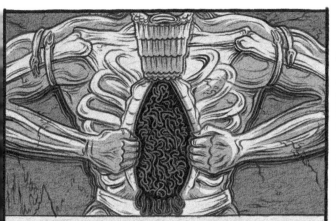

"내 침실에 죽음이 웅크리고 있다. 내가 삶의 자리에 발을 들여
놓아도, 죽음은 그 자리에 있다!"

"우르샤나비는 너를 무시했고, 가로지르는 곳에서 너를 속였다!"

"해안선을 따라 걸었던 너는 이제 멀리
떨어져서 걸어야 하리라!"

"우르샤나비여, 네가 여기 데려온 사람의
몸은 흙으로 뒤덮혀 있고 옷이 낡아서
팔다리의 아름다움이 감추어져 버렸다."

"그를 씻는 곳으로 데려가라, 우르샤나비여.
그리하여 그가 그의 더러움을 씻어내게 하라. 눈과 같이 순결한 물로!"

"그가 자신의 옷을 내버리면 바다가 그것을 가져가
버리리라. 그의 육체의 아름다움이 드러나리라!"

"그의 머리를 묶었던 오래된 붕대를 새것으로 갈아라.
그의 위엄에 걸맞은 옷을 입고, 그의 아름다운 육체를 보여주어라!

"그의 성읍으로 돌아갈 때까지, 그의 방랑이 끝날 때까지,
그의 붕대의 색이 변하지 않을 것이고 새것으로 남아 있으리라!"

길가메쉬의 육체가 다시 아름답게 보였다.

길가메쉬는 우르샤나비의 배에 새 옷을 입고 올랐다. 그들은 배를 몰았다.

우트나피쉬팀에게 그 아내가 말하였다.
"길가메쉬가 와서 이토록 애를 썼고 지쳤어요.
그가 고향으로 돌아갈 때 그에게 무엇을 주실 거죠?"

그 즉시 길가메쉬는 상륙하기 위해 물가로 배를 저었다.
그리고 도착했다. 그러자 우르샤나비가 마지막으로 그를 불렀다.

"길가메쉬여, 너는 애를 썼고 지쳤다.
네가 집으로 돌아갈 때 네게 무엇을 줄까?"

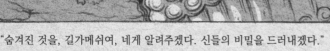

"숨겨진 것을, 길가메쉬여, 네게 알려주겠다. 신들의 비밀을 드러내겠다."

"이 식물은 가시처럼 생겼다.
그것의 가시는 덤불처럼 손을 찌른다."

"네 손이 이 식물을 수확하면, 그것을 통해 너는 새 삶을 찾을 것이다!"

무거운 돌들을 자신의 발에 묶고 압수로 내려가자 그는 그 식물을 보았다. 그가 그 식물을 취하자 그것이 손을 찔렀다.

돌을 묶은 끈을 자르자 파도가 그를 해안가로 데려가 주었다.

"우르샤나비여, 이 식물은 불안함을 멈추는 놀라운 풀입니다. 사람들에게 젊음을 돌려줍니다!"

"나는 이것을 우루크의 정원으로 가져가겠습니다. 그곳에서 먹고 그 힘을 시험하겠소!"

"이 식물의 이름은 '흰머리가 청년이 되다'가 될 것입니다.
내가 늙으면 먹어서 내게 젊음이 돌아올 것이오."

이런 일이 있고 길가메쉬와 우르샤나비는 돌아갔다.

두 시간이 스무 번(=40) 지나서 그들은 간단히 먹었고,
두 시간이 서른 번(=60) 지나서 저녁 휴식을 취하였다.

길가메쉬는 물이 차가운
우물을 만나자, 그 안으로
들어가 몸을 씻었다.

그때 뱀이 풀의 향기를 맡고 가까이 와서
그 식물을 먹었다.

그 즉시 뱀은 껍질을 벗고 돌아갔다!
그 곳에서 길가메시는 주저앉아 울었다.

"뱃사공 우르샤나비여, 내게 조언해
주십시오. 내 팔은 누구를 위해
애를 썼습니까?"

"우르샤나비여, 내 팔은 누구를 위해 애를 쓰고 내 피는 왜 흘렸습니까?"

"나는 내 자신의 편안함을 위해 일하지
않았습니다. 오직 땅의 사자에게 좋은
일을 했습니다!"

"무거운 돌들을 바다에
가라앉혔습니다. 그리고 이제
바다에서 다시 파도가 치고
있습니다."

"내가 이제 내 옆에 무엇을 놓을
수 있을까요? 내가 게을러서 배를
해안선에 내버려두었다면!"

두 시간이 스무 번(=40) 지나서 그들은 간단히 먹었고,
두 시간이 서른 번(=60) 지나서 성벽으로 둘러싸인
우루크에 다다랐다.

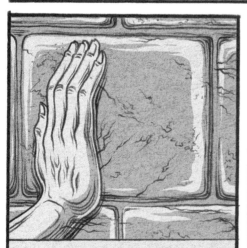

"우루크의 벽을 한 번 오르고
앞으로 걸어보세요. 기초를
확인하고 돌을 조사해 보세요."

"그 벽돌들이 구운 것인지 보세요.
일곱 현자가 기초를 놓지 않았습니까!"

"하나의 사르(Sar)만큼 성읍이, 하나의 사르만큼 야자나무 정원이,
하나의 사르 만큼 강의 계곡이 이어집니다. 그리고 이쉬타르 신전은
세 개의 사르에 이르고 우루크의 거룩한 지역을 둘러쌉니다!"

열두째 토판

(아마 훗날 덧붙여진 부록일 것이다.
일곱 번째 토판에서 죽었던 엔키두가 여기서 살아 돌아온다.)

•

길가메쉬가 어떻게 잃어버린 힘의 도구를 애도했는가.

•

길가메쉬가 엔키두와 어떻게 재회하고
그에게 지하세계에서 움직이는 법을 조언했는가.

•

길가메쉬는 어떻게 엔키두에게 죽음의 세계를 본 것을 물었는가.

"오늘 목수의 집에 북을
두고 왔어야 했는데!"

"목수의 아내는 내 어머니와 같고,
목수의 딸은 내 어린 여동생과 같다."

"오늘 내 북이 땅에 떨어졌다.
내 북채가 땅에 떨어졌다."

"주인님, 왜 우십니까? 왜 슬퍼하십니까? 제가 땅에서
북을, 저승에서 북채를 가져다 드리겠습니다!"

"저승으로 내려가고 싶다면 내 조언을 듣고
네 심장에 새겨라."

"곤봉으로 땅을 쳐서도 안 돼.
그러면 그 곤봉에 맞은 사람들이 너를 둘러쌀 거야."

"거기서는 깨끗한 옷을 입으면
안 돼. 그러면 네가 낯선 이라는
것을 금새 알게 될 거다."

"좋은 기름도 바르면 안 돼.
그러면 그 냄새가 나자마자
네 주위로 무리를 지어
모여들 거야."

"지팡이도 들면 안 돼.
그러면 영혼들이 네 앞에서 벌벌 떨 거야."

"발에 신발을 신어서도 안 돼.
저승에서는 그런 소음을 내서는 안 돼."

"네가 사랑하는 아내에게 입을 맞추어서도 안 돼. 네가 미워하는 아내를
때려서도 안 돼. 그러면 저승의 부르짖음이 너를 삼켜버릴 거야."

"네가 사랑하는 아이에게 입을 맞추어서도 안 돼.
네가 미워하는 아이를 때려서도 안 돼."

"그곳에서 편히 쉬고 있는 닌-아수(Nin-Asu)의 어머니를 귀찮게 해도 안 돼.
그녀의 순수한 어깨는 옷으로 가려지지 않았고 그녀의 가슴은 껍질처럼
드러나 있다."

엔키두는 그의 주인의 말을 가슴에
새기지 않았고 깨끗한 옷을 입었다.

그들은 그가 낯선 이라는
사실을 금방 알아챘다.

그는 몸에 좋은 기름을 발랐다.
그 냄새가 나자마자 무리를 지어 몰려들었다.

그는 곤봉으로 땅을 쳤다.
그 곤봉으로 맞았던 사람들이 그를 둘러쌌다.

그는 손에 지팡이를 들었다.
그 앞에서 영혼들이 벌벌 떨었다.

그는 발에 신을 신었다.
그는 저승에서 소음을 내었다.

그는 사랑하는 아내에게 입을 맞추었고 미워하는 아내를 때렸다.
사랑하는 아이에게 입을 맞추었고 미워하는 아이를 때렸다.

그러자 저승의 부르짖음이 그를 삼켜버렸다.
그리고 그는 편히 쉬는 자를 귀찮게 했다.

남타르(Namtar)가 그를 삼켜버리지 않았다. 아삭쿠가 그를
삼켜버리지 않았다. 땅이 그를 삼켜버렸다! 네르갈(Nergal)의
냉혹한 매복꾼이 그를 삼켜버리지 않았다. 땅이 그를 삼켜버렸다!

그러자 닌순의 아들이 그의 종
엔키두를 위해 울었다. 엔키두를 위해
그는 엔릴의 신전으로 홀로 갔다.

"아버지 엔릴이여, 제 북이, 그리고 제 망치도 오늘 땅으로 떨어졌습니다!"

아버지 엔릴은 아무 대답이
없었다.

"아버지 씬(Sin)이여, 북과 망치가 오늘 땅으로
떨어졌습니다. 그것을 가지러 엔키두가 내려갔지만,
땅이 그를 삼켜버렸습니다!"

아버지 씬은 아무 대답이
없었다.

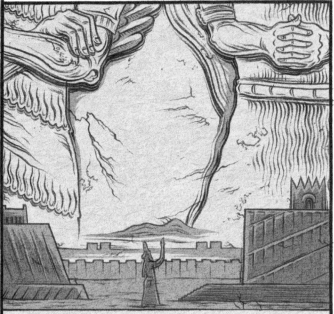

"아버지 에아는 그에게 대답했다.
'네르갈, 남자다운 영웅이여, 내 말을 들어라.
네가 시끄러운 땅에 구멍을 열어 주겠느냐?'"

"아버지 에아여, 북과 망치가 오늘 땅으로 떨어졌습니다.
그것을 가지러 엔키두가 내려갔지만, 땅이 그를 삼켜버렸습니다!"

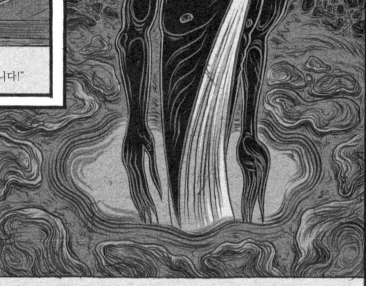

"엔키두의 죽은 영혼이 땅에서 빠져나와
저승의 질서에 대해 알려주리라!"

엔키두의 영혼이 마치 바람처럼 땅에서 빠져나오자,
그들은 서로 껴안고 마주 앉아서 서로 의논하고 격하게 토론했다.

"말해봐, 내 친구야. 네가 본 저승의
질서를 말해줘!"

"나는 네게 말하지 않겠다, 내 친구여. 나는
네게 말하지 않겠다! 내가 본 저승의 질서를
네게 말하면 너는 앉아서 울어버릴 것이다!"

"그렇다면 나는 앉아서 울겠다!"

"친구여, 네가 기쁜 마음으로 만졌던 내
육체는 마치 낡은 옷처럼 벌레에게 먹혔다!"

"네가 기쁜 마음으로 만졌던 내 육체는
이미 썩어서 먼지가 되어버렸다."

"슬프다, 슬프다, 슬프다!"

"친구 엔키두여, 말해보라. 아들을 낳은 자를 보았나?"

"그래, 내 벽에 박힌 못 때문에 그는 몹시 울었다."

"그리고 아들도 없고 유산도 없는 이를 보았나?"

"그래, 보았다. 그는 신의 아름다운 모습이 그려진 빵을 먹었다.
미숙한 감시자처럼 그는 구석으로 살금살금 기어갔다!"

"아들을 낳지 못한 여인을 보았나? 내 친구 엔키두여?"

"그래, 보았다. 그녀는 질그릇처럼 땅에 내동댕이쳐져
이제 더 이상 남자를 기쁘게 할 수 없다."

"여성에게 한 번도 나체를 보여주지 않은 남자를 보았나?"

"그래, 보았다. 너는 그에게 밧줄을 주었지만,
그는 그것 때문에 많이 울었다."

"남성에게 한 번도 나체를 보여주지 않은 여성을 보았나?"

"그래, 보았다. 너는 그녀에게 깔개를 주었지만,
그녀는 그것 때문에 많이 울었다."

"배의 말뚝에 맞아서 죽은 사람을 보았나?"

"그래, 보았다. 그는 어머니를 부르고, 말뚝은 제거되었다 .."

"아주 일찍 죽은 사람도 보았나?"

"그래, 보았다. 그는 깨끗한 물을 마시며 잠자리에서 쉬고 있다."

"전쟁에서 죽은 사람을 보았나?"

"그래, 보았다. 부모는 그의 머리를 높이 들고,
아내는 그를 위해 운다."

"초원에 던져진 시신을 보았나?"

"그래, 보았다. 그의 영혼은 쉬지 못하고 땅을 이리저리 방황한다."

"영혼을 지키는 자가 없는 사람도 보았나?"

"그래, 보았다. 길거리에 던져진 작은 조각을 먹고 있다."

시작

공부를 시작할 때부터 한 이야기가 나를 따라다녔다. 모든 이야기의 어머니, 세계에서 가장 오래된 쓰여진 이야기, 점토판 12개에 영원히 새겨진 이야기인 "길가메쉬"는 내게 이국적 이름으로만 들렸다. 오래된 신화적 인물, 아마 지배자일 것이고, 유럽에서 나온 이야기가 아닐 것임은 분명한데, 그 이상을 알 수는 없었다. 이 메소포타미아 왕의 영웅 서사시를 처음 접한 것은 1997년에 베를린-바이센제(Berlin-Weissensee)의 예술대학교(Kunsthochschule)에서 전공수업을 시작할 때였다. 우리는 그리스 예술사 수업 3학기째에 하나의 주제를 선정하여 발표하고 과제를 제출해야 했는데 나는 헤라클레스를 택하였다. 그 영웅의 기원과 성장과정은 매우 흥미로운 지식을 안겨줄 것이 분명해 보였다. 하지만 그 숙제는 너무 단편적인 것처럼 느껴져서, 나는 최초의 영웅 이야기와 수퍼맨 등 20세기 미국 만화 산업에 이르는 현대적 영웅들을 연결시키기로 결정했다.

"헤라클레스와 수퍼 영웅들"이라는 숙제를 하기 위해 자료를 조사하면서 나는 헤라클레스의 원조가 있다는 사실을 곧 깨달았다. 그는 모든 영웅들의 최고 조상(Urheld)인 우루크의 왕, 길가메쉬였다! 그렇다면 헤라클레스의 명예는 어디에 기초하는가? 헤라클레스 의례는 어디에 뿌리를 두는가? 수많은 그의 모험과 임무들, 그의 휘장, 일부 신성이 깃든 그의 출신, 그의 광채와 그의 매혹은 어디에서 왔는가? 대략 천 년 이상 오래된 길가메쉬 이야기들은 당시 인도 서부에서 지중해에 이르는 고대근동세계에 다양한 사본과 번역을 통해 널리 알려져 있었다. 공부를 계속하면서 이 서사시는 후대의 많은 이야기에 영향을 끼쳤음도 알게 되었다. 구약성경도 홍수 이야기와 방주 이야기를 분리시켰다(성경의 많은 부분은 고대의 많은 이야기들을 이어붙인 것으로 밝혀졌다. 동정녀 마리아가 예수를 임신한 이야기는 이집트 여신 이시스가 동정으로 아들 호루스를 임신한 이야기를 깊이 참고한 것처럼). 이 서사시의 모티프들은 성경뿐 아니라 호메로스의 일리아스와 오디세이아, 천일야화, 오늘날의 많은 모험담과 (로드 무비와 수퍼히어로 영화 등) '반지의 제왕' 같은 현대적 이야기에서도 줄곧 등장한다. 그리고 곧 나는 분명히 깨달았다. 내 책에서 종교적인 주제, 이를테면 믿음, 거룩한 장소, 신들, 창조신화 등이 자주 다루어진다는 것이다. 물론 극단주의와 자멸하는 시나리오도 있다. 이를테면 "Ticket to Got"(CARGO 시선집)의 '레비아탄'이나, "알파", "베타" 그리고 특히 이 책인 "길가메쉬"이다. 나는 무신론자임에도 이런 주제를 자주 다룬다. 어쩌면 내가 무신론자이기 때문에 그럴지도 모른다. 설명할 수 있는 것만큼 설명할 수 없는 것에 나는 매료된다.

작업 과정

인류사를 다룬 만화 이야기 "베타 ... 문명 1권"의 첫 장을 마치고 나서 나는 오래 고민했던 프로젝트, 곧 길가메쉬 서사시를 만화로 옮기는 일을 손보기 시작했다. 사실 "베타"를 완성하기 1년 전 즈음에, 곧 메소포타미아 지역의 발전을 그리면서 이 부조(浮彫) 같은 인물들, 곧 어떤 인격의 옆모습만 또는 앞모습만 묘사하는 강한 장식적 스타일의 긴 이야기를 그려보자는 염원이 더욱 강해졌다. 2014년이 시작될 즈음에 때가 왔다. 다른 책과 마찬가지로 나는 처음에 본문부터 시작했다. 나는 이 서사시의 독일어 번역본을 세밀히 나누어 보았고—구체적으로 1934년의 알베르트 쇼트(Albert Schott)의 번역본을, 1966년 슈뫼켈(Schmöckel)의 새 번역과 2001년 슈로트(Schrott)의 번역본으로 보완했다—그림으로 표현할 것과 그 아래 본문으로 병기할 것을 나열했다(아래 본문에는 독백, 대화 또는 보조 설명을 넣었다). 그리고 나서 한 주 동안 발트해에 머물며 스토리보드를 한 번에 그렸는데, 하나의 토판을 두 쪽에 나누어 실었다. 그 다음에 가장 어려운 작업 과정이 이어졌다. 한편에는 한번에 빠르게 그린 스케치에 4천 년 전 부조들 또는 신상들을 인용하며 생명을 불어넣어야 했다. 다른 한편에는 그저 과거의 모방에 그쳐서는 안 되었다. 시간을 아껴야 하는 이유도 있었지만 무엇보다 독자들이 물 흐르듯 읽을 수 있어야 했기 때문이었다. 첫 시도는 만족스럽지 못하였고 몇 쪽 그리지 않아 중단하였다(주된 이유는 내가 세 선으로 나누어 그리려는 불필요한 형식적 제약을 너무 극단적으로 지키려 했기 때문이다). 그래서 스케치에서 다양한 시도를 하였고 인물도 더욱 연구하여 2016년 초에 드디어 과거에서 전승된 것을 오늘날에 연결시키는 길을 발견하였다. 이어지는 16개월 동안 거의 100장에 이르는 그림들과 관련된 작업에 온전히 몰두하였고, 표지 그림도 완성하였다.

언어

만화 작업을 시작하자마자 나는 인스브루크(Innsbruck)에서 열린 문학 심포지엄에서 라울 슈로트(Raoul Schrott)를 알게 되었다. 그는 몇 년 전 길가메쉬 서사시를 현대적인 시로 새롭게 옮겼던 오스트리아 작가였다. 슈로트는 지나치게 형식적 문체와 역사적인 요소를 제거하여 고대 메소포타미아인의 입에 거의 현대적인 말을 붙여 주었다. 필자의 취향에는 잘 맞았고 너무 좋았다. 필자는 이렇게 상세하고 유연한 문장을 좋아한다. 필자는 이런 (또 다른) 이야기에 마술처럼 매혹된다. 물론 라울은 내게 분명히 해 두었다. 이 서사시가 처음 번역되었을 때는 누구도 이렇게 말하지 않았다고. 19세기의 쐐기문자 학문의 주역들은 그들의 영웅을 더욱 과거의 인물로 해석하였다. 그들은 홍수 이전의 문법으로 말하는 신조어들을 창조하여 첫 번역은 수천 년 전의 분위기를 자아냈다.

그러므로 나는 본문을 인용할 때 더 오래된 것을 선호했고, 자유롭게 문장을 더 짧고 이해하기 쉽게 만들었고, 과거 번역본에 군데군데 존재했던 빈 구석을 메웠다(물론 오늘날에도 공백은 어느 정도 존재한다. 물론 토판 조각들이 발견되며 점점 줄어들고는 있다). 필자는 슈로트의 새 번역을 바탕으로 세 장의 CD에 깔끔하게 녹음된 오디오북을 평소에 들었다(다만 엔키두가 바이에른 산골 농부 방언으로 말하는 것만은 필자의 귀에 늘 거슬렸다).

라울과 나는 언어에 관해서 정반대의 의견이었다. 라울은 이 서사시를 낡아빠진 교수들의 문장, 그의 말로는 "완전히 끔찍한 언어"에서 벗어나야 한다고 주장했다. 그래서 문장을 짧고 이해하기 쉽게 만들어야 하고, 우리들의 듣기 습관과 오늘날의 일상어에 가까워야 한다는 것이다. 그의 논지에 따르면 당시 인간들의 환경에서는 완전히 보통의 언어로 말한 것이다. 곧 이 서사시의 문장은 인공적으로 덧대거나 고친 것이 아니어야 했다.

하지만 우리는 구어(口語)와 문어(文語)가 서로 어떤 관계를 맺었는지 전혀 모른다. 우리에게 전승된 것은 진흙토판일뿐, (음성적인) 진흙문서가 아니다. 나는 그와 견해가 달랐다. 오늘날처럼 구어와 문어의 차이가 적지 않았고 오히려 컸을 것이다. 그리고 길가메쉬 서사시야말로 극단적 예이다. 과연 누가 당시 우루크의 주민들이 날마다 이런 맥락의 일상어를 널리 썼을 것이라고 인정하겠는가. 그 반대로 만일 이 서사시가 구전으로 전승되었고, 수백 년 간 구전으로만 (학교 교재로서) 전승되었다는 것을 증명할 수 있다면, 당연히 발화자들, 곧 이 이야기에 등장하는 모든 발화자와 각각의 배우들이 중요한 역할을 할 것이다(그당시 옛날의 청중들도 마찬가지일 것이다).

나는 무조건 시대적 요소를 문장에 첨가하고 싶었다. 만일 인공적인 첨가물처럼 보일 수도 있고, 이해를 어렵게 만들 수도 있고, 문장이 지나치게 꾸몄거나 이상하게 보이더라도 말이다. 하지만 이렇게 함으로써 차이를 만들어냈다.

> "전갈 인간이 산의 문을 지켰으니, 그는 엄청난 두려움을 자아냈고, 그의 시선은 죽음이었고, 그가 내뿜는 거대한 공포는 산을 덮었다(...)."(알베르트 쇼트의 1934년 번역)

> 또는

> "그곳에서 전갈 인간 두 명이 문을 지켰다. 그들의 시선은 두려움을 자아냈다. 그들이 보면 죽을 것 같았다. 그들은 공포를 내뿜어 모든 산을 빛내었다."(라울 슈로트의 2001년 번역).

이렇게 여러 맥락이 서로 공명하기에 오늘날의 번역에서는 절대로 빠뜨리면 안될 것들도 있다. 이 서사시는 한편에서 신화적 시대에 태어났지만 어떤 실제 역사적 사건에 어느 정도 뿌리를 둔 것이기도 하다. 중심 인물이 영웅이 되고 신이 되어 경전화의 형식으로 발전한 과정도 존재하지만, 지금으로부터 150년 전에 발견된 문서와 상들이 시대적이고 문화적으로 결정적으로 중요성을 띠는 현대의 역사도 있다. 이렇게 고귀하고 유일한 문학적 보배를 나는 결국 오늘날 우리가 사는 이 시대에 만화라는 연속적 매체에 적용해 보았다.

병행 I

우리는 이 서사시의 정치적 측면도 인식해야 한다. 많은 구절이 실제 사건에 기반하고 있다. 이 서사시에 반영된 메소포타미아의 정치적 지형의 일부는 오늘날까지 영향을 끼친다. 길가메쉬와 엔키두가 향백나무 숲에서 훔바바를 꺾고 나무를 베어오는 장면은, 메소포타미아의 나무가 모자라 레바논 방면에서 체계적으로 나무를 훔쳐오는 일로 해석되어야 할 것이다. 이는 아마 자원 부족의 위기를 극적으로 해결하는 최초의 문헌일 것이다. 홍수를 늘 무서워하고 신의 명령으로 방주를 짓는 것은 '두 강 사이'에서 홍수의 위험이 상존하던 상황에서 나왔을 것이며, 그런 상황에서 안전을 도모하기 위한 최선의 선택이 무엇인지 보여준다. 우루크의 주민들이 제멋대로 권력을 휘두르는 왕에 맞서 저항하는 것은 실제 권력이 어떻게 사용되었는지, 그리고 이른바 '99퍼센트'들의 저항이 어땠는지 보여주는 가장 이른 예일 것이다. 그리고 길가메쉬가 체험했던 모든 시험과 경계체험이 전개되는 전체 과정은 어떤 폭력적이고 온화하지 않고 지식도 모자란 젊은 지배자가 중요한 가르침을 깨닫는 것으로 읽을 수 있다. 그는 다듬어지고 정화되어야 했다. 그리하여 권력을 계속 나쁘게 행사하는 것을 멈추고 생명과 인간을 정면으로 응시해야 했다.

이 책을 작업하는 동안 수메르의 왕과 미국 대통령 후보들 사이에 기묘한 일치점에 대한 생각을 멈출 수 없었다. 이후에 많은 사람들이 실제 대통령으로 트럼프가 당선되자 퍽 놀랐다. 길가메쉬뿐 아니라 트럼프도 전제적 통치 스타일로 백성들을 괴롭히고 실행할 수 없는 요구사항으로 화나게 했다. 전자는 우루크에 거대한 성벽을 짓게 했다. 후자도 선거 운동 기간에 특별히 외부의 위협에 대응하기 위해서 (말하자면 멕시코와 라틴 아메리카 이주민을 막기 위해서) 그런 일이 꼭 필요하다고 반복해서 강조했다. 두 인물 모두 지나치게 자만하는 요소가 공통적이다. 스스로를 과대평가하고 벌컥 화를 잘 내지만 동시에 방어적이며 자기 연민이 강하다. 결론적으로 길가메쉬는 우루크에서 결혼한 모든 새색시의 초야권을 취하는 "허벅지 폭력"을 휘둘렀다. 트럼프의 경우에 다른 점이란, 그처럼 부유한 남성에게는 여성과 관련된 모든 것이 허락된다는 점이다.

병행 II

서사시를 만화로 옮기는 작업을 하는 동안에 메소포타미아 지역에서 다에쉬(=이슬람 국가, IS)는 점점 기승을 부렸고 이 서사시와 묘하게도 일치하는 지점이 있었다. 스토리보드의 첫 쪽을 그리던 2014년 봄부터 전혀 이슬람적이지 않은 이슬람 국가(IS)가 세워졌다. 이제는 수복된 모술의 알-누리(Al-Nuri) 모스크에서 칼리프가 다스리는 체제가 선포되었었고 2017년 여름에 마지막 작업이 끝날 때 원리적 극단주의의 두 중심지였던 모술과 라카(Raqqa)가 결국 함락되었다.

그림을 고치고 다듬는 동안에 거의 매주 실제 뉴스와 내가 종이에 옮기는 작업 사이에 일치점이 이어졌다. 길가메쉬의 궁전을 지키는 돌로 만든 문지기인 라마수(Lamassu)를 그리면 곧바로 뉴스에서 완전히 원리주의에 빠진 IS 지원자들이 니네베와 님루드와 팔미라 등 중요한 역사적 유적지를 파괴하였다는 소식을 들었다. 그들은 지역의 박물관에서 카메라를

켜고 고대의 석상들을 모아서 그 앞에서 얼빠진 웃음을 지은 다음 압축공기 망치로 라마쑤 같은 석상을 부숴버렸다. 나는 수메르인들을 묘사하는 훌륭한 도판을 되는 대로 모아서 일상의 장면을 그렸다. 그런데 나는 주간지 "슈피겔"의 최신호에서 내가 그린 것과 같은 고대의 예술 작품들이 약탈되어 사라졌다는 소식을 접했다. 아마 검은 돈을 마련해서 훨씬 더 필요한 무기를 사기 위해 암시장에 나올 가능성이 가장 크지만, 최악의 경우에는 라마쑤와 같은 운명을 맞이할지도 몰랐다. 정말 끔찍한 일이 아닌가. 21세기 독일인 디지털 노마드로서 나는 4천 년전 수메르와 아카드의 풍부한 문화의 한 측면을 열심히 현대적으로 그리고 있는데, 스스로 신의 전사라 칭하는 사람들의 정신세계는 중세 초기에 사로잡혀 있으면서 불행히도 기술적으로만 현대적이다. 그들은 초극단적 열정으로 자신들의 문화를 파괴하고, 그들이 사는 전 지역의 문화적 유산뿐만 아니라 그들 조상들의 문화와 이웃 민족들의 문화를 약탈하는 임무를 실천하려고 했다.

스타일

이들과 나 사이에 유일한 공통점은 당시 시도하던 일들이 얼마나 성공할지 미래를 확신할 수 없었다는 것이다. IS 극단주의자들은 실패할 운명이다. 왜냐하면 믿을 수 없을 만큼 소중한 보물들이 시리아와 이라크의 땅에 묻혀 있기 때문이다. 학문적 발굴과 도굴들에도 불구하고 대략 80퍼센트의 보물들이 아직 땅에 묻혀 있다. 그 반대로 나는 고대의 서사시를 옮기는 작업에서 지금껏 큰 어려움을 겪었다. 비교하자면 "알파"는 그저 먼 길을 산책하는 것처럼 느껴졌다. 이 서사시를 시각화하는 머릿속 구상을 최대한 가깝게 표현하기 위해 나는 엄청난 노력을 쏟아부어야 했다.

　일을 시작할 때부터 이야기의 사건들을 특별한 스타일로 표현할 필요를 강하게 느껴왔다. 마치 수메르의 부조(浮彫) 장인이 현대인에게 이 이야기를 설화적이고 그래픽적으로 대략 100장의 토판에 표현하는 것처럼 보이길 원했다. 길가메쉬를 다룬 기존 작품들, 이를테면 로렌체티의 인상적인 일러스트레이션, 뒤샤조와 드 본느발이 프랑스에서 연속물로 출간한 "길가메쉬", 그리고 2005년에 피스터가 낸 충격적인 비주얼의 작품은 (당황스럽게도 그래픽 노블이라고 불린다) 이런 면에 거의 참고가 되지 못했다. 오히려 지속적으로 나는 환상적인 석상들, 방랑을 표현한 부조들 그리고 그 당시의 인장들로 방향을 잡았다. 내 눈에는 이렇게 고대의 삶 안에서 형식적 언어로 제한되고 그럼으로써 더욱 인상적인 효과를 내는 것이야말로 유일하고 완벽한 우아함을 자아내어 매력을 발산한다. 그뿐만 아니라 때때로 서투르고 어색한 표현이 상당히 많고, 그것들이 단순함 안에 지나칠 정도의 장식과 대조됨으로써 고대의 표현 수단으로서 가장 영감을 주는 요소가 된다. 다른 한편으로 내 만화의 칸들을 채우며 원근법과 동적 움직임을 포기하는 것은 쉽지 않았다. 물론 메소포타미아의 장인들은 이런 것 없이도, 이를테면 전투 장면에서 인상적인 표현을 만들어내는 데 성공했다. 하지만 나는 언제나 타협해야 했고, 특히 지난 수십 년간 그래픽적 진화가 이룬 성과들을 이리저리 엮어야 했다. 그래서 스피드라인, 시각적 단축법, 거대 공간의 조정 등을 사용했고, 그럼으로써 순수한 부조의 느낌이 제거되고 2차원과 3차원을 넘나드는 일종의 하이브리드 표현을 낳았다.

　그 다음의 도전 과제는 이 서사시가 보여주는 수많은 단절이었다. 실제 본문에 공백이 많았지만 새로운 토판이 발견되며 조금씩 줄어들고 있었다(더 오래된 번역본을 선택했기 때문에 내 작품에서 이런 문제는 무시되었다). 작은 공백은 가능한 이야기로 덮으려 했고 만화라는 매체는 가리기도 쉬웠다(그래서 만화의 칸들 사이에서 독자는 스스로 이야기를 연결시키거나 채워야 할 것이다). 다른 한편으로 이야기가 훌쩍 건너뛸 때는 이전 칸과 다음 칸 사이를 점선으로 표시했다. 게다가 이야기를 자연스럽게 엮는 문제도 쉽지 않았다. 어떤 대목은 자연스럽게 다듬었지만 그냥 손대지 않은 대목도 많다. 그래서 길가메쉬가 방랑할 때는 헤라클레스처럼 사자 가죽만을 쓰고 다니지만 우르샤나비를 만나 사해를 함께 건널 때는 옷을 돛대에 걸었다. 여기서 살짝 힌트가 된다면, 그가 시두리와 이야기를 나눈 다음 무기를 가지러 갈 때 어딘가에서 (아마도 그의 잠자리에서) 새 외투를 입었을 수도 있다. 이런 단절 가운데 가장 어려운 부분은 마지막 5번째 토판에서 이미 고통스럽게 죽은 엔키두가 12번째 토판에서 갑자기 다시 나타나는 것이다. 분명 후대의 설화자가 니네베 판본에 기초하여 토판의 경전화를 지향하며 채워 넣은 것이다. 나는 여기서 엔키두를 실제로 살아있는 인물로 묘사하지 않았다. 오히려 부활한 인물로서 절반은 형상이 없는 영적 존재로, 또 절반은 저승에 갇힌 존재로 묘사했다.

표지

나는 책의 앞표지와 뒷표지를 하나의 파노라마 형태로 만드는 것을 좋아하기에 이번에도 적절한 방식으로 구현하려고 했다. 그래서 대립하는 관계이자 가장 가까운 친구인 두 인물을 책의 표지로 합쳐서 그리자는 생각이 떠올랐다. 약간 당황스러울지 모르지만 나는 왕 길가메쉬의 얼굴이 아니라 야만인 출신의 동반자 엔키두의 얼굴을 표지로 삼았다. 그 이유는 한편으로 흑백이 뒤집힌 그의 모습이 시각적으로 더 흥미롭고, 다른 한편으로는 그가 이야기를 이끌어가는 인물이라고 느꼈기 때문이다. 그는 순수하고 부패하지 않은 인물로서, 자신의 백성을 억압하던 길가메쉬를 길들이고 땅을 딛게 만든다. 두 주인공은 긴장 속에 적대관계를 이룬다. 길가메쉬는 성읍, 문화 그리고 권력과 자만심을 대표한다. 엔키두는 땅, 자연 그리고 야생을 상징한다. 안전과 무기를 보장받지 못하고 오직 스스로의 머리와 육체의 능력으로 살아남아야 하는 도망자요 권력에서 쫓겨난 자들이다(아마 실제로는 정복당한 자들이나 우루크의 성읍 공동체 안에서 살아가는 유목민일 것이다). 그러므로 이 서사시에서 엔키두의 등장과 활약은 희망을 표현한다. 그는 성벽으로 둘러싸인 수메르 성읍 국가의 위계질서 안에서 불어오는 새롭고 신선하고 미래를 약속하는 한 줄기 바람이다. 내 생각에 그는 분명 길가메쉬의 "더 나은 반쪽"이다.

스케치

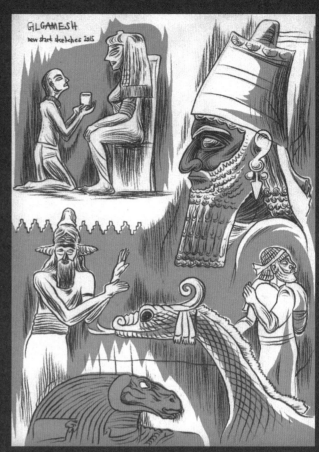

준비 학습 – 인물의 외형, 시선, 세부묘사, 색 등을 결정하며 인물에 접근

앞표지와 뒷표지 – 연필 스케치

사자를 잡은 영웅상
현대의 코르사바드(Khorsabad), 곧 고대의 두르-샤루킨(*Dur-Šarrukin*)의 왕궁에서 나온 왕실 정면 부조.
기원전 713년~706년. 높이는 5.5미터. 오늘날 파리 루브르 박물관에 소장되어 있다.

원본

길가메쉬 서사시 열한째 토판 조각들
잘 보존된 이 작품의 판본은 니네베 발굴에서 나왔다. 열한째 토판은 10개의 조각토판들로 재구성되었는데
아직도 훼손된 부분이 많다. 이 토판은 기원전 7세기에 작성된 것으로 앗슈르바니팔 왕의 도서관에
속했었다. 오늘날은 런던 대영박물관이 소장하고 있다.

검은 오벨리스크
샬만에세르 3세의 치적을 칭송하는 석회암 부조가 그려져 있다. 신아시리아의 수도 님루드(*Nimrud*) 곧 칼후(*Kalhu*)에서 1846년에 발견되었다.

지역

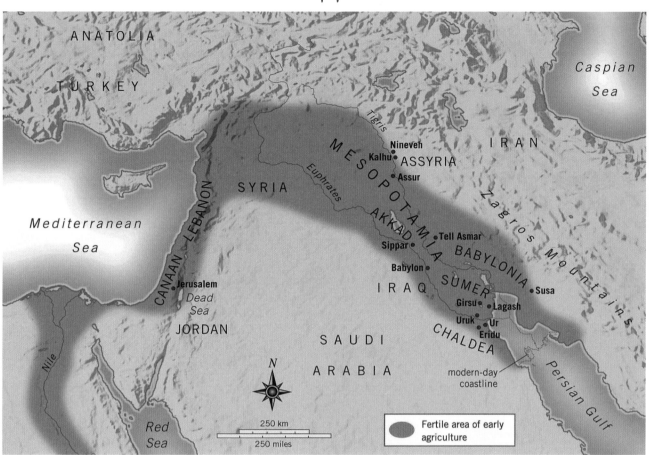

메소포타미아 지도
이집트와 페르시아만 사이 비옥한 반달 지대
(© Thinglink)

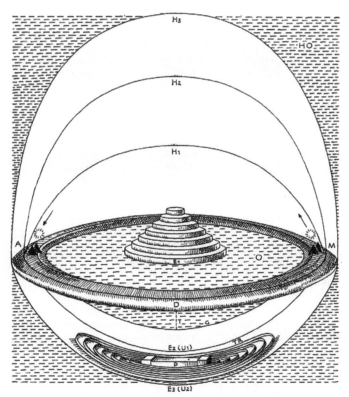

E₁	Erde (Oberwelt)	A	Abend (Westen), die beiden
E₂, E₃	2.u.3.Erde (Unterwelt)		Berge des Sonnenuntergangs
H₁, H₂, H₃	1. 2. 3. Himmel	M	Morgen (Osten) die beiden
HO	Himmlischer Ozean		Berge des Sonnenaufgangs
O	Irdischer Ozean	D	Damm des Himmels
T.G	Tiefe u. Grund	TR	Die 7 Mauern u. d. Palast (P)
	des irdischen Ozeans		des Totenreiches

바빌로니아의 세계관
가운데 땅은 지상과 지하로 나뉘었다. 그 위로 하늘이,
그 아래로 바다와 저승이 있다(H. 슈벤처의 재현 삽화)

네부카드네자르와 "바빌론의 사자"
발굴자인 발터 안드레(Walter Andrae)의 1900년 발굴 삽화

바빌론의 신전탑
베를린 고대근동 국립 박물관 삽화 모음집

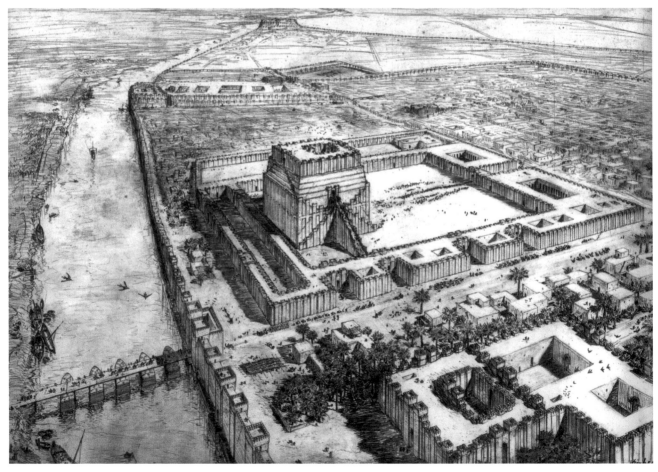

Plate 5 Basrelief at an entrance to a small temple (Nimroud)

"물고기 신", 스핑크스 그리고 다른 신들의 묘사
님루드 왕궁 벽화. 발굴자 라야드(Austen Henry Layard)의 1850년 삽화

Plate 6 Fish God (Nimroud)

Figure near an Entrance (Kouyunjik)

우루크의 아누 신전 발굴 사진
사진: 엘가우(Katharina Eglau)

우루크의 인안나(Inanna)의 벽 재현
베를린 고대근동 국립 박물관

발굴 사진

우루크의 흰 신전
아누 신의 지쿠라트 흔적 (기원전 3,200년~3,000년)

우르의 지쿠라트 재구성
현대 지명은 텔 알-무카야(Tell al-Muqayyar), 사진: 루빈스키(Michael Lubinski)

20

방주 대목(아홉째 토판, 96-105쪽) - 연필 스케치

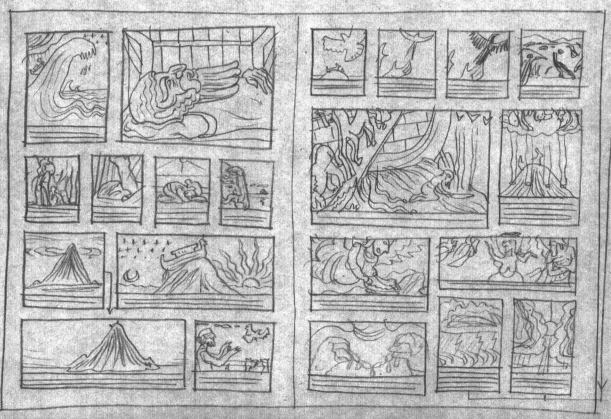

방주 대목(아홉째 토판, 96-105쪽) - 연필 스케치

등장인물

길가메쉬 - 우루크의 제5대 왕. 반신적 존재("3분의 2는 신이고 3분의 1은 인간")

엔키두 - 신들이 진흙으로 만든 야만적, 인간적, 남성적 존재(라울 슈로트에 따르면 "3분의 2는 인간이고 3분의 1은 짐승"). 길가메쉬와 겨루었고 그의 친구가 된다.

샴하트 - 신전의 창녀이자 여사제

훔바바 - 거대한 괴물, 향백나무 숲의 지킴이

리마트-닌순 - "야생 암소의 여주인", 길가메쉬의 어머니이자 신적인 루갈반다의 아내

우트나피쉬팀 - 슈룹팍의 전설적 왕, 방주를 만들어 홍수에서 자신과 가족만이 살아남았다.

우르샤나비 - 우트나피쉬팀의 뱃사공

이쉬타르 - 전쟁과 사랑의 여신, 바빌론의 가장 중요한 여신

아누 - 하늘의 신, 바빌론의 모든 신들의 아버지이자 특히 이쉬타르의 아버지

샤마쉬 - 태양신, 정의와 예언의 신

아루루 - 어머니의 신(母神)이자 출산의 여신

엔릴 - "바람의 주인", 땅과 그 위에 사는 주민들의 신적 지배자

에레쉬키갈 - "거대한 땅의 여주인", 저승의 여왕

아눈나키 - 저승의 신들, 이기구(하늘의 신들)와 대조된다.

시두리 - 땅 끝에 사는 전설적인 선술집 여주인, 불사(不死)와 지혜의 여신

닌우르타 - 전쟁과 물의 신, 또한 법과 사냥과 농경의 신

아다드, 아삭쿠, 에아, 엔키, 엔누기, 에라갈, 루갈반다, 맘메툼, 남타르, 네르갈, 닌-아수, 닌우르타, 씬 등 - 바빌론 만신전의 우두머리를 이루는 중요한 신들

지명

우루크 - 오늘날 이라크의 와르카(Warka). 초기 왕조 시대(기원전 2,900년~2,400년)에 약 5만~8만 명이 거주하던 도시로서 고대근동뿐 아니라 세계에서 가장 큰 도시였고, 대략 9킬로미터에 이르는 어마어마한 성벽으로 둘러싸여 있었다.

슈룹팍 - 오늘날 이란의 파라(Fara). 메소포타미아 남부의 도시로서 이곳에서 신들이 홍수를 알려주었다.

초원과 유프라테스 강변 - (그리스어로 "강들 사이의 땅" 또는 "두 강 사이의 땅"을 의미하는) 메소포타미아의 중요 지역으로서 길가메쉬와 엔키두가 다양한 여행을 한다.

훔바바의 향백나무 숲 - 두 주인공의 처음이자 가장 중요한 목적지(오늘날의 레바논으로 추정).

마슈 산 - 아침에 해가 떠오르는 곳(정확히 말하면 태양신 샤마쉬가 저녁에 땅으로 들어간 다음 긴 터널을 지나 동쪽에 떠오르는 산).

보석 정원 - 피안의 신적 장소, "바다 아래"에 있다.

니시르 산 - 오늘날 피레 메그룬(Pire Megrun) 또는 니무쉬(Nimuš)라고 부르는 산. 매우 높은 산으로서 홍수가 그치고 우트나피쉬팀의 방주가 처음으로 꼭대기에 닿았다(후대에 구약성경에서는 아라랏 산으로 바뀌었다).

압수 - 신화적 원시 바다

저승(이르칼라)과 신들의 하늘 - 바빌로니아 세계관의 신화적 장소

주요 개념어

아침의 땅 - 고대의 땅의 크기를 가리킨다. 19세기 독일어 번역에서 취한 것으로서 1,906제곱미터에서 11,780제곱미터 사이의 크기다(무척 큰 땅이라는 의미).

지쿠라트 - 층층이 쌓아올린 신전인데, 바빌로니아로 '쉬고라트'(šiggorat)는 하늘에 닿는 언덕 또는 신의 산을 의미한다. 구약성경의 바벨탑이 이런 종류의 건축물을 가리킨다.

초야권(Jus primae noctis) - 신부의 첫날밤에 대한 지배자의 권리, 백성이 혼인을 하면 신부와 첫날밤을 보내거나 돈(이른바 '찔러주는 돈')을 요구하는 것을 말한다. 최초로 문헌으로 기록된 것은 길가메쉬 서사시(둘째 토판 144행).

두 시간의 여섯 - 거리를 재는 방식. 12시간의 거리는 대략 한나절 가는 거리다.

사르 - 거리의 단위. 수메르의 60진법 체계에 따르면 1사르는 대략 1.8킬로미터인데, 600자(Ellen)의 6네르(Ner)와 같다.

토판 - 진흙판으로, 하나의 토판에 이 서사시의 하나의 장(또는 "노래")이 쓰여졌다. 신바빌로니아 사본은 본디 11장의 토판에 대략 3,600행이 있었는데, 앗슈르바니팔 도서관에서 12번째 토판("길가메쉬, 엔키두 그리고 저승")이 첨가되었다.

시대

기원전 2,652년-2,602년 - 첫 왕조 시대로서 아마도 수메르-바빌론적 성읍국가인 우루크의 제5대 왕 길가메쉬가 살던 시대.

기원전 약 1,800년 - 구전으로 전승되던 작품이 처음으로 수메르어 쐐기문자 문서로 쓰였다(처음에는 여러 작은 이야기 형태로 존재했다). 수메르어는 이미 이 시대에 거의 사어(死語)가 되었다.

기원전 약 1,700년 - 이때 길가메쉬 서사시의 고(古)바빌로니아 사본이 11장의 토판에 쓰여졌다.

기원전 약 1,200년 - 신-레케-운닌니(Sin-leqe-unninni)가 이끄는 서기들에 의해 이 서사시는 이제 아카드어로 12 토판에 기록된다. 발견된 곳에 따라 "니네베 사본"으로 불린다(약 600년 후에 앗슈르바니팔 도서관에서 발견된 사본이다).

기원전 669 - 631/627년 - 앗슈르바니팔 왕의 재위 연도. 이 서사시가 아시리아어로 기록된다(아카드어는 서서히 소멸하는 시대였다).

기원전 150년 - 이 서사시의 전승된 마지막 사본이 기록된다. 이후 1천 년 이상 잊힌다.

1802년 - 그로테펜트(Georg Friedrich Grotefend)가 쐐기문자를 해독하다. 아시리아학은 어엿한 학문으로 발전한다.

1853년 - 이 서사시가 다시 발견된다. 시리아인 아시리아학자 라삼(Hormuzd Rassam)이 이라크의 니네베를 발굴하다가 처음으로 토판 조각을 발견했다.

1872년 - 대영박물관 직원이던 스미스(George Smith)가 이 서사시를 번역하기 시작하다. 앗슈르바니팔 도서관의 토판 조각들에서 처음으로 홍수 이야기가 재구성되다.

1891년 - 예레미아스(Alfred Jeremias)가 처음으로 완전한 독일어 번역을 완성하다.

1934년 - 쇼트(Albert Schott)가 새 번역을 내놓으며 인물들의 이름을 표준화하다(길가메쉬, 훔바바, 우르샤나비 등).

1966년 - 고대근동학자 슈뫼켈(Hartmut Schmökel)이 운율에 맞춘 번역을 내놓다.

2001년 - 오스트리아의 문헌학자이자 작가인 라울 슈로트(Raoul Schrott)가 새로 번역하고 번안하다.

2003년 - 런던의 고대근동학자 조지(Andrew R. George)가 이 서사시의 본문비평 연구의 학문적 판본을 내놓음으로써 연구가 새로운 수준으로 도약하다.

2005년 - 독일 아시리아학자 마울(Stephan Maul)이 최근 발견된 다섯 장의 토판 조각들을 포함하여 가장 최근의 번역을 내다.

비범한 체험과 성찰을 통해 신과 인간의 신비를 깨달은 고대의 영웅과 인연을 이어가고 있다. '플라톤 아카데미 – 지혜의 향연'를 통해 '길가메쉬 서사시'를 강연한 유튜브 동영상은 76만 뷰를 돌파하는 등 과분한 사랑을 받았다. 이번에는 그래픽 노블이라는 새로운 형식으로 엔키두와 길가메쉬의 새로운 모습을 만났다.

역자는 강렬한 첫인상을 준 그림에 감탄했다. 마치 서구의 여러 박물관에 보존된 메소포타미아의 부조가 살아 움직이는 듯한 느낌을 받았다. 고대의 모티프를 충분히 살리면서도 현대적으로 창조된 이 그림체는 충분히 매력적이며 고대의 신들과 영웅들이 우리 앞에 생생히 걸어오는 것 같은 느낌을 준다. 역자는 이런 멋진 그래픽 노블을 창작하는 현대의 작가에게 부러움과 존경의 감정을 느꼈다.

고대 문헌의 고유한 고대적 어투를 살리려는 시도도 환영할 만한 것이다. 여러 번역본을 검토하고 본문의 문체를 결정하는 그의 노력은 지문과 대사에 잘 드러난다. 필자는 옌스 하르더가 결정한 그 문체의 느낌을 한국어로 그대로 옮기려고 노력했다. 현대 독일어로 약간 어색하게 의도된 문장은 그 어색한 의도를 고스란히 드러내려고 했고, 그 과정에서 아카드어 원문을 참조하기도 했다. 어쩌면 독자에 따라 약간 불편함을 느낄지도 모르겠지만, 수천 년 전 바빌로니아의 위대한 서기 신-레케-운닌니의 향기를 조금 체험하는 계기로 환영해 주시면 좋겠다는 소망을 품는다.

옌스 하르더의 창의성은 글과 그림뿐만 아니라 길가메쉬 이야기의 새로운 해석에도 이르렀다. 길가메쉬가 아니라 엔키두에 초점을 둔 해석은 그 자체로 너무도 흥미로워서 일독을 권할 만하다. 현대인이라면 '최고의 금수저'인 길가메쉬 못지않게, '가장 천한 출신'으로서 문명의 중심에서 결국 성공하지 못한 엔키두에게 매력을 느낄 것이다. 두 영웅은 비록 출신도 생의 종말도 대조적이지만 그만큼 공통점도 많고 무엇보다 서로에 대한 신뢰와 애정이 두터웠다. 그들은 언제나 새로운 해석을 기다리고 있다.

저자의 후기를 읽고 부러움을 금할 수 없었다. 한 명의 재능 있는 창작자가 서사와 그림의 기초를 탄탄히 배우고 고대의 원문과 그림을 충분히 자신의 것으로 소화한다면 하나의 우주를 창조하기에 부족함이 없을 것이다. 그들의 창작품은 시대와 언어의 벽을 넘어 독자들에게 큰 울림과 공감을 전해준다. 창작자의 양성 과정과 이런 창작자들이 수준 높은 자료를 구하고 심화할 수 있는 인문학의 선진국적 환경도 부러웠다.

길가메쉬를 처음 강연했을 때와 현재를 비교하면 약간의 발전이 있었다. 이 책을 번역하는 중에 '한국고대근동학회'(Korean Assembly for Ancient Near Eastern Studies)가 창립되어 한국 최초의 고대근동학 저널인 '한국고대근동학 노트'(KANES NOTE)가 발행되고 있다. 그리고 과거에 비해 고대근동학 연구와 저술들이 조금씩 늘어나고 있는 점도 기쁜 일이다. 아직은 미약한 이런 전진을 더욱 가속하기 위해서 필자도 미력을 다할 것이다. 훌륭한 제안을 해 주시고 책을 솜씨 있게 만들어 주신 마르코폴로 김효진 대표이사에게 깊은 감사의 말씀을 드린다.

주원준

한국고대근동학회 초대 회장

한님성서연구소

간기

© 준비: 2014-2016년. 3가지 독일어 번역본으로 준비. Albert Schott 1934(훗날 Wolfram von Soden 1963으로 발전), Hartmut Schmöckel 1966(운율에 맞춘 번역), Raoul Schrott 2001(현대어로 새로 번역)
연구: VG Bild-Kunst의 지원
그림: 2016 – 2017년.

저자

이름: 옌스 하르더(Jens Harder), 만화와 일러스트를 그린다. 베를린에서 살며 일한다.
작품: 1999년부터 다양한 형태로 만화를 그렸다. 처음에는 자비출판을 하다가 베를린의 예술대학교(Berliner Kunsthochschule KHB)에서 학창시절 결성된 모노가타리(Monogatari) 그룹과 협업했다. 이어 프랑스(Actes Sud / I´An 2)와 독일(avant-Verlag, vfmk, Edition Moderne)에서 다양한 활동을 했고 2010년부터 카를센(Carlsen)에서 책을 낸다(여기서 "알파 ... 방향"과 "베타 .. 문명들 1권"이 나왔다).

감사: 인내심과 멋진 협업을 해 주신 쉬코브스키(Klaus Schikowski) 편집장님에게, 조언을 아끼지 않아주시고 타이포그래피를 책임져 주신 오구아마남(Bettina Oguamanam) 프로듀서님에게, 지원해주시고 최고의 협력을 보내주신 카를센 출판사의 직원분들에게, 다양한 측면에서 오랫동안 기꺼이 협력과 조언과 지원을 보내준 스튜디오의 동료들인 팀(Tim Dinter), 헨리크(Henrik Abrahams) 그리고 페드로(Pedro Stoichita)에게, 배경의 구조에 대해 도움을 준 울리(Uli Oesterle)에게, 이 서사시에 대한 영감을 주는 많은 논지를 교환하고 이 시대에 적절한 번역을 찾는 도전을 알려주신 슈로트(Raoul Schrott) 선생님에게, 마지막으로 늘 한없이 이해해주고 작업을 방해하는 일도 끝없이 만들어준 내 가족에게.

역자

이름: 주원준
가톨릭 평신도 신학자. 한국고대근동학회(KANES) 초대 회장. 한님성서연구소 수석연구원. 독일 뷔르츠부르크대학에서 구약학(성서언어학)과 고대근동언어로 박사학위를 받았고 서강대학교에서 구약성경, 고대근동의 종교 등을 강의한다.《구약성경과 신들》로 제16회 한국가톨릭학술상 연구상을 수상했으며,《인류 최초의 문명과 이스라엘》이 세종교양도서와 한국대학출판협회 '올해의 최우수 교양도서'에 선정되었다. 〈길가메쉬 서사시—인류 최초의 서사시가 기록한 깨달음〉 강의 동영상은 2022년 현재 76만 뷰를 넘었으며(Youtube), 〈구약의 사람들〉은 15만 뷰 이상을 기록했다(EBS).
작품:《구약성경과 신들—고대근동 신화와 고대 이스라엘의 영성》,《신명기—거룩한 독서를 위한 성경 주해 5》,《신학의 식탁—세 종교학자가 말하는 유다교 이슬람교 그리스도교》(공저),《구약성경과 작은 신들—그리스도교 신앙의 뿌리에서 발견한 고대근동 신화와 언어의 흔적들》,《인류 최초의 문명과 이스라엘—고대근동 3천 년》 등이 있으며,《마테오 리치, 기억의 궁전》,《우가릿어 문법》,《우가릿어 사전》,《우리 인간의 종교들》(공역),《고대 근동 문학 선집》(공역),《추기경 마르크스의 자본론》,《고대근동의 신화와 성경의 믿음—성경이 수용한 고대근동 신화》 등을 번역했다.

길가메쉬

1판 1쇄 찍음 2024년 2월 28일

글 · 그림	옌스 하르더
옮긴이	주원준
편집	김효진
교열	황진규
디자인	최주호
제작	재영 P&B
펴낸곳	마르코폴로
등록	제2021-000005호
주소	세종시 다솜1로9
이메일	laissez@gmail.com
페이스북	www.facebook.com/marco.polo.livre

ISBN	979-11-92667-46-1 07890

Marco Polo Press veut prendre un chemin que personne n'a jamais emprunté. Le monde sera un monde de comme volonté et comme représentation